Yılmaz Güney
(1937-1984)

Adana, Yenice doğumlu Yılmaz Güney (Pütün), gençlik yıllarından itibaren sinemayla yakından ilgilenmiş, erken yaşta kısa hikâyeler yazmaya, senaristliğe ve oyunculuğa başlamıştır.

1955 yılında yazmış olduğu bir öykü nedeniyle 1961 yılında 18 ay hapis ve 6 ay sürgün cezasına çarptırılan Güney, 60'lı yıllarda kendisini tamamen sinemaya adamış, oyuncu kimliğiyle ünlenmiş, ancak bu süre içerisinde siyasi bilincini geliştirerek, sanatına da siyasi bir yön vermeyi hedeflemiştir. Nitekim 70'li yıllar, roman, senaryo ve yönetmenlik alanlarında Yılmaz Güney'in en verimli dönemi olacak, yapıtları yurt içinde ve yurt dışında büyük yankılar uyandıracak, ödüller kazanacaktır.

Siyasi görüşleri ve eylemleri gerekçe gösterilerek 72-74 yılları arasında cezaya çarptırılan Güney, 1974'te Selimiye Cezaevi sonrası *Arkadaş* filmini yaparak, kesin bir şekilde tavrını ortaya koymuştur. Eylül 1974'te tekrar cezaevine dönen Güney, 1980 darbesi sonrası, yazılarından ötürü çeşitli davalara maruz kalarak, 100 yıla yakın hüküm yemiştir. Son olarak 1981'de hapisten kaçarak yurt dışına çıkmış, 1984'te Paris'te hayatını kaybetmiştir.

Güney, özellikle Yeşilçam sinemasının tanışık olmadığı bir gerçekçiliği beyazperdeye taşıyarak Türkiye sinemasında kalıcı bir iz bırakmıştır. *Boynu Bükük Öldüler* isimli romanı 1972 yılında ilk Orhan Kemal Roman Ödülü'nü, senaryosunu yazdığı ve Şerif Gören'in –Yılmaz Güney'in hapishaneden direktifleriyle– yönetmenliğini üstlendiği *Yol* filmi 1982'de Cannes Film Festivali'nde Altın Palmiye'yi kazanmış; 1970 tarihli *Umut*, SİYAD tarafından yüzyılın en iyi Türk filmi seçilmiştir.

Gençlik Öyküleri
Yılmaz Güney

İthaki Yayınları: 1524

Yayım Sorumlusu: *Burak Albayrak*
Yayıma Hazırlayan: *Okşan Dede*
Düzelti: *Devrim Horlu*
Kapak Tasarımı: *Şükrü Karakoç*
Grafik Uygulama: *B. Elif Balkın*
2. Baskı, Ocak 2020, İstanbul
ISBN: 978-605-375-984-3

Sertifika No: 46603

İthaki™ Penguen Kitap-Kaset Bas. Yay. Paz. Tic. A.Ş.'nin tescilli markasıdır.
Caferağa Mah. Neşe Sok. 1907 Apt. No: 31 Moda, Kadıköy-İstanbul
Tel: (0216) 348 36 97 Faks: (0216) 449 98 34
editor@ithaki.com.tr – www.ithaki.com.tr – www.ilknokta.com

Kapak, İç Baskı: Deniz Ofset Matbaacılık
Maltepe Mah. Hastane Yolu Sok. No: 1/6 Zeytinburnu-İstanbul
Tel: (0212) 613 30 06 denizmatbaamucellit@gmail.com
Sertifika No: 40200

Yılmaz Güney

GENÇLİK ÖYKÜLERİ

ÖYKÜ

ithaki

İÇİNDEKİLER

YILMAZ GÜNEY'İN İLK ÖYKÜLERİ
GENÇLİK ÖYKÜLERİNE GİRİŞ

Türk toplumunun Cumhuriyet dönemindeki gayrıresmi kültür elçileri, bir elin parmaklarıyla sayılabilecek kadar azdır. Hayat ile sanat arasındaki sıkı bağın somut birer örneği olarak, kültür tarihimizde köşe taşı olabilmiş bu sanatçılarımızın ilki, insanımızı duyarlılık temelinde kuşatmış olan Nazım Hikmet ise; ikincisi daha çok bilinç katında sanatsal üretimini temellendirmiş olan Yılmaz Güney'dir. Çünkü son çözümlemede biri şair, diğeri anlatıcıdır.

Yılmaz Güney, gerek sinemacı (yönetmen, oyuncu), gerekse bir edebiyatçı (romancı, öykücü) olarak bir anlatıcıdır. Zira her iki sanat da anlatıma dayalıdır. Sanatçı, ister edebiyatın malzemesi olan dil ile isterse sinemanın malzemesi görüntü ve efektle anlatsın sonuçta sanatsal üretimin boyutlarını, anlattığı "şey" ile "anlatış biçimi" belirler. Öyleyse anlatıya dayalı sanatlarda bir sanatçının özgünlüğünü bu iki alanda belirlemek gerekir. Bunu yapmadan önce, sanatsal üretimin içine öykü kapısından girdiğine ve bu kitapta da ilk öyküleri toplandığına göre, Yılmaz Güney'in öyküyle buluştuğu dönemdeki Türk öykücülüğünün kalın çizgilerini belirlemek de bir zorunluluktur.

Güney'in öyküleri, Cumhuriyet dönemi Türk öyküsünde iki çizginin yan yana uzandığı yıllarda yazılmıştır. 1950'ler, bir yandan Ömer Seyfettin'le başlayan ve "olay öyküsü" ile tanımlanan çizginin Orhan Kemal, Fakir Baykurt, Talip Apaydın'la köy ve kasaba gerçekçiliği ekseninde sürdüğü yıllardır. Bu çizgide bireyden çok, ya da bireyle birlikte halka ve onun toplumsal sorunlarına yakındır öykücü. Klasik öykü kurgusuna uygun, 'serim, düğüm, çözüm' bölümleriyle belirlenen ve temada toplumsal çelişkilerin, açlığın, yoksulluğun öne çıktığı öykülerdir bunlar. Öte yandan Sait Faik'le belirginleşen "durum öyküsü", bireyin toplum içindeki 'hâlleri'ni temel alan, belli bir biçimde başlayan, gelişen ve biten bir olaya dayanmayan, gündelik hayatın sıradan bir ânını yansıtan öykülerle çizilen başka bir çizgi.

İşte, Yılmaz Güney'in bu ilk öykülerini, açıklamaya çalıştığımız ikinci çizgide temellendirmek mümkündür. İkinci çizgide ama özgün bir konumda. Güney'in ilk öyküsünden son filmi olan *Duvar*'a kadar bir anlatıcı olarak, anlattığı 'şey'de pek büyük farklılıklar görülmez. Fakat 'anlatış biçimi' bu ilk öykülerinden oldukça farklılaşmıştır. Bunu belki, sanatçının özellikle 1960'lardan sonra bilinç serüveninde meydana gelen farklılaşmayla açıklamak mümkündür. Bu bakımdan Yılmaz Güney'in sanatında da üç ayrı dönemden söz edilebilir: Yaşama, tanıma ve tanımlama... Ancak bu dönemleri birbirlerinden kopan ve birbirlerine bağlanan yanlarıyla kavramak sağlıklı olacaktır. Bir saptama için zorunludur bu.

"Yaşama" döneminde Yılmaz Güney, halktan bir kişi olarak, Adana'da yokluğu, yoksunluğu görmüş, işçiyi, işçiliği yaşamıştır. Hayatın acı yanlarına karşı tepkileri bu dönemde daha çok psikolojiktir. Şiir yazan ve okuyan köylü Yakup'a hayranlık duyar. Lüks Sineması'nda film izlemek ona göre değildir... "*Gençlik Öyküleri*"ndeki öyküleri Güney'in anlatış biçimlerindeki birinci dönemin ürünleridir. "Tanıma" dönemindeki Yılmaz Güney ise sinemasındaki "Çirkin Kral" yıllarıyla örtüşür. Halkın, ezilen insanın yaşantısı ve psikolojisini kendi yaşantı ve psikolojisiyle özdeşleştirir. Bu yaşantı ve psikolojiyi bir romancı olarak "tahkiye" ve bir oyuncu olarak "taklit" eder. Türk sinemasında halkla bu kadar yakın bir diyalog kurabilmesinin nedenleri, sanırız, burada aranmalıdır. "Tanımlama" dönemindeyse sanatçı, sosyalist bir düşünüş ve algılarıyla yaşadığı ve tanıdığını tanımlamaya girişir. 1970'lerde "*Umut*"la başlayan bu dönem hayatının, yani sanatsal üretiminin sonuna dek sürmüştür.

Güney'in bu ilk öykülerindeki özgünlük, işlenen temadan çok; bu temayı 'işleyiş biçiminde' ortaya çıkmaktadır. Tema olarak bireyin toplum içindeki durumu ve insan ilişkileri temel alınırken, anlatımda fantastik gerçekçiliğin anlatıma getirdiği olanaklara yaslanılır. Toplum ve birey ilişkilerinin bilinçaltına yansıyış biçimleri eylemler ve diyalogların yoğun kullanımıyla betimlenmiştir. Bu betimlemeler oldukça hareketli görüntüler olarak yansıtılmış, türlü birey hâlleri canlı bir anlatımla kuşatılmıştır. Daha ileri giderek bu öyküler için "Yılmaz Güney'in sinema tutkusunu, edebiyatın malzemesiyle gidermesi" de denilebilir. Filme alınamayacağı baştan bilerek yazılmış birer film öyküsü gibi. Bu yüzden dilsel anlatımın kullanım olanakları çarpıcılığın ve şaşırtıcılığın sınırlarına dek genişletilir.

Tiyatro seyircisinin seyrettiği oyunla hayatı(nı) özdeşleştirmesi; "Işıklar sönünce perde açıldı." Açılan perde, Hayat adlı 'oyunun' perdesidir elbet... Bir ölünün bilinciyle geride kalanlar... Toplumsal yasaklar karşısında bireyin arayışı, çıkmazı ve anlamsızlık... Yoksulluk karşısında çaresizlik... Sanatçının psikolojisi, sanatsal nesnenin (resmin) sanatçıyı (ressamı) belirlemesi... "Ben" in insanda ayrılıp birleştiği noktalar... Sevginin psikolojik belirlenmesi... Bireysel parçalanma... Tüm bu temalar bilinç akışı tekniğiyle işlenmiş, türlü insanlık durumları sinemasal anlatımın özellikleriyle, görüntüden görüntüye geçen çerçevelemelerle belirlenmiştir.

Bu kitapta yer alan on sekiz öykü, Yılmaz Güney'in 1950'li yıllarda *Yeni Ufuklar, Pazar Postası, On üç* ve *Bir* dergilerinde yayımlanmış ve daha sonra basılan kitaplarına girmemiş öykülerdir. Sanatının yukarıda tanımlamaya çalıştığımız ilk döneminin özelliklerini taşıyan bu öyküler, Güney'in sanata, anlatıcılığa bir ilk adımı, onun bir rengi olarak algılanmalıdır. Çirkin Kral'dan geçip *Umut*'a uzanan çizginin başlangıcıdır bu gençlik öyküleri. Sanatçının bizzat yaşadığı ilişkiler sonraki sanatsal üretimlerinde, öykü, roman ve filmlerde ele aldığı toplumsal sorunların kaynağında birer tema olarak kalmış ancak anlatımda "durum" ile birlikte "olay"a yöneliş olarak da farklılaşma ortaya çıkmıştır. Bu farklılaşmanın bir boyutu da bu ilk öykülerindeki "fantastik gerçekçilikten" , sanatının ikinci dönemindeki "toplumcu gerçekçiliğe", hatta "eleştirel gerçekçiliğe" kadar uzanmıştır. Kuşkusuz bu, sanatçının bilinç düzeyinde, politik mücadelesinde ortaya çıkan bir farklılaşmayla da yakından ilgilidir.

Yılmaz Güney'in "tanımlama" dönemindeki politik sinemasının estetik başarısı nerede aranmalı? Yılmaz Güney, sosyalizm kavrayışını sanatla süslemedi; sanatını sosyalist bir kavrayışla besledi. Hele bu, sosyalizmi mekanik ve salt ekonomik bir algılayış hiç olmadı. Sanırız sorunun yanıtı burada aranmalıdır. Elinizdeki öyküler de bu yanıtın birer gerekçesidir.

Yaba Yayınları

ÜÇ BİLİNMEYENLİ EŞİTSİZLİK SİSTEMLERİ

Dedi. "Yok," dedim. "Olmaz," dedim. Sinekli Park'ın gölgeli karanlığında "Olmaz"lar, gölgelerin çengelli uçlarına asıldı, "Olur" oldu. Soğuk soğuk eller uzandı karanlığa "Kaybettin" dediler. "Bunu da kaybettin..." Üçlü karanlık sekizleşti.

"Seni kaybetmek istemiyorum," dedim yavaşça. Küçük çıplak ayaklarını havuzun sularına bıraktı. Bilinçsiz çemberler türedi. Kınalı ellerini birbirine kavuşturdu. "Öyleyse iki lira ver," dedi. Gözlerini yumdu, kirpikleri göz boşluklarını gölgelendirdi, dudaklarını büzüştürdü, uzattı. Uzandım, dokunmaya korktum sonra, çekildim. "Yok dedim", "Olmaz". Seni böyle düşünmek istemiyorum. Gözlerini açtı. Nasıl istersen, peki. Sana namuslu orospu pozları mı takınayım yani? Bir hoş oynattı kalçalarını. İçimde bir diklenme oldu "Hani beni olduğum gibi seviyordun? Sana yine söylüyorum, ben orospuyum." Diklenmem yavaş yavaş eridi. "Şu arabada gördüğün kızla oğlan var ya, iki lira versen sen de onlar gibi yaparsın." Utandım...

Gerçekleri kabullenemiyorum. Beni, iki liram için öptüğüne de inanamıyordum bir türlü. İnanasım gelmiyordu. Onun, annemden, ablamdan farkı yoktu. Annem de babamla kırıştırırken aynı şekilde küçülüyordu. Yüzleri bir başka değildi onlarınkinden.

Kınalı ellerini tuttum. "Bak bana," dedim, baktı. "Benden para isteme," dedim. "Para isteyince seni küçültüyorum gözlerimde" Yüzüme değişik bir anlam verdim "Yanlış anlama."

Kalçasını eski yerine koydu. "Daha neler... Başka ne yapıyorsun?"

"Beni sevmiyorsun diyorum."

"Paran oldukça severim seni. Hoş, parlak çocuksun. İyisin de ama senin güzelliğin, iyiliğin benim işimi görmez. Ben sennen, onnan yatmazsam aç kalırım. Sen bennen yatmazsan da olur. Hizmetçi kız var evde, onu sıkıştırırsın. Gördüm geçen gün, kalçaları falan dolgun. Baban bulmuştur diye düşündüm. O da olmazsa ellerin var, gençsin. Kimse ayıplamaz..."

İneklerine karpuz kabuğu toplayan ihtiyar kadının sepetinden kabuk çıkardı. Son kalan kırmızıları kemirdi. Bir tane daha çıkardı, elime sıkıştırdı. Alay edercesine güldü. Islak bir soğukla ürperdim. "Verecek misin?" diye mırıldandım Bu arada başka neler düşündüm. Örneğin; kalkıp gitmeyi, kadına sövmeyi. Kırıtarak güldü: "İki lira verirsen hemen," dedi. Eliyle boş, eski bir yük arabasını gösterdi.

Kendime çokbilmiş bir insan süsü vererek "Böyle yapmazsam olmaz mı?" dedim. "Ne güzel bir işin var, çalışıyorsun."

Bir an gözlerimin içine baktı, sonra dudaklarını bükerek konuştu. "Ne verirler fabrikada bana biliyor musun? Bu parayla geçinilir mi diye düşündün mü hiç? Babanın iki günde aldığını ben bir ayda alıyorum. O da ne çabayla. Fabrikada oğlanlar ellemedik yerimi bırakmazlar, helaya gidecek olurum, yakalarlar, ille de isterim diye tuttururlar. Ben de insanım, benim de canım çok şey ister. Ben de ev kadınları gibi giyinmek, süs yapmak isterim. Güzel güzel şeyler yemek içmek ister canım ama yok işte. Yokluğun gözü kör olsun! Ne yapalım; bir kere fakir doğmuşuz anamızdan, fakir doğmak suçunu işlemişiz... Bunu yapan Allah ne zaman görecek bilmiyorum." Birinci şahıs rolünü oynayan oyuncu arkasını dönüp sümkürdü. O benim işte. Söylediklerim yalan mı, yalansa yalan de.

"Sana bir ev tutsam gelir misin benimle? Ne istesen alırım, benimle kal yeter."

"Çocuk... Ah... Benim aptal yavrum." Bu sözler bir anne gibi söylenmiştir. "Şimdi ateşlisin." Şimdi de çok bilmiş gibi konuşuyor. "Yaşın küçük diye kerhaneye gidemedin, nasılsa param var dedin. Şu karıya bir ev tutar, ateşim sönene kadar koynunda kalırım dedin." Birinci şahıs; yani ben, bunları bildiğine hayret ettim. Bu anlamı yüzüme vermek için biraz zorluk çektim. "Sonra kıçıma tekmeyi atar gidersin."

"Böyle söyleme."

Çocukça bir üzüntü kapladı yüzümü...

"Ne şöyleyeyim ya?" Tırnaklarını ışığa tuttu "Peki, sennen geliyorum mu deyim? Ben sizden değilim" Dudaklarımın yanlarında çizgiler belirdi "Sizin toplumunuzun insanları ayarında değilim, bunu sen de biliyorsun. Bak, herkes bir tutulsaydı söyledikleri olurdu, ben de seve seve yapardım, kimse de beni kınamazdı. Ama şimdi herkes seni ayıplar, en başta baban, duyduğu gün paranı keser."

Kalktı, bakışlarımız çakıştı, yüzünü buruşturdu. "İyi çocuksun," dedi. "İnsanlar hep senin gibi olmazlar. Herkes, bu ayrıntıları kaldıramaz ki ortadan. Kaldırsalardı, cennet olurdu buraları, cennet."

"Dur! Nereye gidiyorsun?"

Parmağını karanlıkta bir sarıya uzattı, "Bak şu sarı oğlana," dedi. "Beni çağırıyor." Ben de ayağa kalktım. Oturmaktan yorulmuştum zaten. "Ona mı gidiyorsun? O basit bir işçi..."

İğrenerek baktı. İyice iğrenmemişti. Yüzü daha bir buruştu. Yapmacıklı bir sinirle "Siz böylesiniz işte," dedi. "En iyiniz bile böyle, kendi çıkarlarınız için neler yapmazsınız? İşçiymiş, basit bir işçiymiş. Seyircilerin durumlarını da görmek istiyordu. Ben de bir işçiyim, beni basit görmezsin değil mi? İşine yararım, keyfini getiririm; doğru değil mi söylediklerim? Söyledikleri doğruydu. Birinci şahıs doğru demiyordu. Ah domuzlar sizi, domuzlar. Bir gün hepinizin topunu attıracaklar ya, dur bakalım ne zaman?"

Boş bir arabaya yöneldiler, sarı oğlan kadının beline doladı kollarını, ben kendimden utandım. İnsanları ayrıntısız olmalıymış... Bunu orospu dediğim kadın söyledi. İnsanların hep bir olması gerekliymiş. Birinci şahıs rolünü oynayan adam; rolünün çok zor olduğunu düşündü. "Zengin bir çocuk rolü oynamak ne zor," dedi.

Seyircilerden kimse oyunu alkışlamadı. İkinci perdeyi beklediler... Işıklar sönünce perde açıldı.

On Üç, Fikir ve Sanat Dergisi, Ekim 1955, İstanbul

ÖLÜM BENİ ÇAĞIRIYOR

Beni niye öldürdün G.
Seni sevmek için
Yaşamak istiyorum...

Çoktandır özlediğim yanık saman kokulu bu toprak üzerinde dalıp kalmışım. Uyuyor muyum, yoksa rüya mı görüyorum? Bilmiyorum... Serin bir gölge, kafamda 12 tonluk Bussinglerin korkunç gürültüsü, bir şeyler düşünmek istiyorum. İki şeyi bir araya getiremiyorum bir türlü, düşüncelerim hep uçuyor. Biri daha uçtu; yaprakları dökülmüş kuru bir dala takıldı, kaldı. Ağacı salladım, salladım, düşüremedim. Sonra, düşünüm testi olup düşüverdi, kırıldı. İçinden bir kız çıktı. Kızıl mısır püskülü gibi parlak, yumuşak saçları vardı. Gözleri mavi mi, yoksa yeşil mi? Gözünün rengini bir türlü bulamıyorum. Kızın saçları ıslanmış, göz yaşlarındandır diyorum. Ayağa kalktı, "Benden ne istiyorsun?" dedi. Gülmeye çalıştım, dudaklarımı oynatmak istedim. Dudaklarım donmuş, kulaklarım oynuyor. Burnuma bir sinek kondu. Sonra burnumdan içeri girdi, gıdıklandım. Düşünümdeki kız, "Beni bırak da gideyim," dedi. "Yarın sayım var." Kızın, rengini bilmediğim gözlerine baktım: "Git," dedim. "Git, elini kolunu tutan yok ya!" Kız gitti, arkasından baktım. Kızın ne güzel saçları vardı. Sonra, testinin, her biri bir tarafa gitmiş parçalarına bakıyorum. Kırık parçaları toplayıp, eski hâline sokmak istiyorum. Koca bir parça eksik. Yerini dolduracak şey bulamıyorum...

Karmakarışık sesler duyuyorum. Biri, göğsünü göstererek, "Buradan girmiş, buradan çıkmış," diyor. Ne bu girip çıkan? Memlekette trafik yok mu? Bilmiyorum. Başka biri, "Ciğerlerini parça parça etmiş," dedi. Bir uğultu duydum, biri kulağımı kesiyordu... Kulaklarımı aldı, cebine koydu; "Hatıra!" dedi. Herif, tam da seçti hatıra olacak şeyi. Ondan ne duyarsa gelip bana söyler... Başka biri saçlarıma baktı, "Saçları da esaslı" dedi. Ya herif Kızılderiliyse? İlk işi saçlarımı kökünden söküp çadırına asmak olacak. Ya bir çingene çıkar da, "Derisini de ben alacam, iyi davul olur," derse. Kalkmak istiyorum, yere kazıklamışlar sanki. Beyaz boyalı bir otomobil geldi, üzerinde bir şeyler yazılı, yazıları okumak istiyorum, okuyamıyorum. Okumayı unutmuştum. Oysaki ben liseyi, lise de beni bitirdi. Üstümdeki kazıkları çıkarıp beyaz boyalı otomobile bindirdiler... Bir vınlama ortalığı birbirine kattı. Bana ne olmuştu da bu otomobile bindirdiler, Bilmiyorum.

Penceresi, kapısı, tavanı olduğuna göre burası oda. Burada, düşünülerimden başka her şey beyaz. Bir de, şu kızın gözleri beyaz değil. Ağzıma bir şey soktular, ne soktuklarını bilmiyorum? Salt biri, "Yuttu be..." dedi. Gözlerimi tavana diktim, bir ışık yandı. Ortalık sarı bir ışığa boğuldu, bakışlarım tavanı deldi. Taaa gökyüzünde bir yıldıza çarptı, yıldız kaydı. Arkasından hiçbir iz bırakmadı. Öbürleri yine ipil ipil...

Tam yıldızın altındaki köyde, bir erkek, bir kadına: "Bak Haçça," dedi. "Yıldız gaydı." Haçça kayan yıldıza baktı, kafasını salladı, "Biri öldü desenen," dedi.

Kayan yıldız benmişim... İnsanın kendi yıldızını bilmesi ne iyi şey... Tellim[1] ona bakar. Günün birinde yıldızı kayarsa, "Vay canına, ben öldüm" der ve düşer ölür... Yıldızım, bulunduğum yerin damına düştü.

Birden kapı açıldı, içeri anam girdi. Üzerime abandı; Ağladı, ağladı... "Yavrum," dedi. "Yavrum..." Başka demedi, bayıldı. Bana ne oldu? Söylesene sakallı, bana ne oldu? Gözlüklü biri, gözlerimi kapadı.

Aradan ne kadar zaman geçti bilmiyorum? Beyazlara sarmışlardı beni. Sonra bir sandığa koydular, sandığı iyice kapadılar. Güldüm, "Korkma, kaçmam," dedim. Biraz sonra siyah bir otomobile bindirdiler. İşler amma da ters gidiyor ha. Daha demin miydi neydi, beyaza bindik, şimdi siyaha... Olur mu

[1] Tellim: Tüm, hep, çok.

bu? Hem ben Fenerbahçeliyim. Oysaki şimdi Beşiktaşlı oldum. Buna düpedüz din değiştirmek denir...

Bir süre gittik, sonra durduk. Kapı açıldı. Hop deyip, aldılar sandığı. Gözleri yaşlı bir sürü insan arasından geçirdiler, önceden kazılmış bir kuyuya attılar. Üzerime toprak atmaya başladılar. Nasıl da bilirler toprağı sevdiğimi... Yo... yo... Bu kadarı çok. Sonra nefes alırken zorluk çekerim... Söylediklerimi duymadılar. Ellerini havaya kaldırıp bir şeyler mırıldandılar. Yağmur için dua ediyorlar diye düşündüm. Sonra çekip gittiler. Hey... Nereye gidiyorsunuz? Sağır mısınız? Söylediklerimi duymuyor musunuz? Ya... Ben size demedim mi, nefes alırken zorluk çekerim diye... Arkalarından bağırdım, çağırdım, duyuramadım. Kalkıp aralarından koşmak için davrandım... Kafam sert bir şeye çarptı. "Ha," dedim. "Demek ben ölmüştüm." Buranın ne penceresi, ne de dikiz geçilecek bir yeri var. Yaşadığım yerler bambaşkaydı. Biri geldi yanıma; "Hoş geldin," dedi. "Biraz sonra senin giriş muamelen yapılacak." Bu arada baş ucumda bir kız belirdi, gözleri ağlamaktan şişmişti. Hâlâ ağlıyordu ya... Kızın yaş dolu gözlerine baktım, "Ağlama artık," dedim. "Bilirsin, ağlayanları hiç sevmem. Hem ağlayacak ne var bunda? Öldüm işte. Ağlasan geri gelecek değilim ki. Zaten gelmek istesem bile, buradan bırakmazlar. Giriş muamelem yapılıyormuş. Sen de git. Sevdiğim bütün insanların yaptığı gibi, sen de git. Ölüler sevilmez artık. Ölenlerin arkasından salt söylenir. Benim söyleyecek bir şeyim de yok ki... Neyse uzatma da git, beni yalnız bırak... Senden bir ricam var; Gözlerim G.'de kaldı, ona söyle gözlerimi göndersin. Hadi git..."

Yeni Ufuklar, Mayıs 1956, İstanbul

YASAKLAR HİÇ BİTMEYECEK...

Rüzgâr gözlerimi kamaştırıyordu. Yüzüm gözüm toz içinde. İstasyona gitmeyi düşünüyordum, Kurtuluş Bar'ın arkasındaki bahçeye daldım, bakımsızdı. Otlar diz boyu yükselmişti, kurumuş çam yaprakları saçlarıma dökülüyordu. Oturdum. Rüzgâr tüm umutlarımı götürmüştü. İnançlarım eskisi gibi değil, dokuz aydır işsizim. Bir hiç yüzünden işten atılmıştım. "Hey!" dedi biri. "Buraya girmen yasak." Sesin geldiği yana döndüm, can sıkıntımı çıkartmak istercesine "Niye yasakmış?" diye bağırdım. Adamın sesi çatladı, kırıldı: "Neblim ben. Yasak dediler işte," dedi korkakça. Sonra bir iki kez yanlarına bakındı, iç geçirdi, soludu. Başını önüne eğdi, pantolonunu dizlerinin üstüne koydu. Yırtık yerlerini dikmeye başladı. İçimden bir ezilme oldu, kendimden utandım. "Puşt!" dedim kendi kendime. "Adamın suçu ne?" Dişlerimin arasına bir çam yaprağı kıstırdım, kalktım. Adama baktım, sakallıydı. "Kusura bakma dayı," dedim. "Demin sana bağırdım." Yüzüme bir başka baktı, küçüldüm. Kirpikleri dökülmüş gözlerini kıstı. "Bana yasak dediler evlat," dedi. "Ben de karın tokluğuna çalışıyorum." İçimde bir kaynaş oldu, ciğerlerimin yerini değiştiriyorlardı. Daha çok durmadım. Bu yasaklar hiç bitmeyecekti. Yasakların arkasında bir adam gülecek, biz bu yasaklar içinde eriyip gidecektik. Ne yapsak yasak; sevsem yasak, konuşsam yasak, yazsam yasak. Tüm ömrümüz böyle geçecek, yasaklar hiç bitmeyecekti. Parmaklarımı ısırmaya başladım, tuzluydu. Parmaklıkları atladım, ağlayacaktım, kendi kendimden utanıyordum. Düzensiz bir yaşayışın ortasında tüm yollarımı kaybetmiştim. Dayanacak hiçbir nenim yok. İçimdekileri dindirmem gerekti. Karanlığa saplanmış tüm düşüncelerimi aydınlatacak bir ışığa ihtiyacım vardı. Bu kentte de böyle bir şey satılmaz ki, gidip alasın. İç acımı unutabilmem için kulaklarımı kesmeyi düşündüm. Hemen elimi cebime atıp bıçağımı çıkardım, kulağıma götürdüm, bastırdım. Kafam bir zonkladı, ciğerlerim eski yerine geldi. Sonra kulağımda bir sıcaklık... Başım, kesik kulaklı yanıma düştü. Kan akıyordu, "Kan," dedim. Kıpkırmızı. Nasılsa atalarımız bu toprağı kanlarıyla sulamışlar, biraz da benim kanım dökülsün toprağa. Enseme bir sıcaklık indi, tutup sevgilimin adını yere kanla yazdım. Sonra düşündüm, o benimle uyuşamıyor bile. Bense, onun adını yazıyorum. Görse gülecekti. Hemen ayaklarımı kana buladım, yeri temizledim. Bir evin kapısını çaldım, bir kadın çıktı: "Vay be, sen ne arıyorsun burada?" dedim. Doksan derecelik bir bakıştan sonra kapıyı yüzüme kapadı. Kan, basamakları boyamıştı. Kapı yine açıldı, "Kan," dedi kadın. "Biraz bez verir misin?" dedim. Elimi tutup içeri çekti. "Bugün güzelsin" dedim, "Bak ben sana baştan aşık oldum." Yüzüme tükürür gibi baktı, kapıyı açtı, "Hadi git" dedi. "Bez yok." Gülmeye çalıştım, elimi başındaki eşarba attım. Kafası bir sallandı, saçları dağıldı. "Seni öldürebilirim" dedim, rengi değişti. Güldüm, korkaklığına güldüm. Korkak olmadığım için sevindim, kapıyı çekip çıktım. Kadın basamaklardaki kana baktı.

Kulaklarım eşarba sarılıydı. Gelen geçen bakıyordu, eşarp kıpkırmızı olmuştu. Kendileri için ölümü göze aldığımız insanlar bana yardım etmiyorlardı. İlk otobüse atladım, benzin kokuyordu. Bu kentin her şeyi başka kokar. Kusacaktım ama otobüse kusmak yasak. Yasaksız yapabileceğim şeyleri düşünmeye başladım. Baktım her şeyin sonu yasağa çıkıyor. Yasaklar hiç bitmeyecek. Neden olduğunu bilmedikleri yasaklar için binlerce insan ölecek. Ölenlerin arkasından kahraman denilecekti. Her yasak bir kahraman yaratacaktı. Otobüsten atlayıp koşmaya başladım. Taş köprüye vardığımda nefes nefeseydim. Gökyüzüne baktım. Yaşamak güzeldi ama bu yasaklar içinde yaşamaktansa hür olarak ölmek daha iyi. Dönüp insanlara baktım, her günkü işlerini yapıyorlardı. "Hey!" dedim. "Kendimi suya atacağım." Koştular. "Balıklamasına atla," dediler. Ceketi çıkardım. Birine verdim, aldı, cekete bakıp sırıttı. Gömleği de başka biri kaptı. Sıra dona geldi; "Al," dedim, "Bu da senin olsun." Adam yüzüme bir güzel baktı, "Donun var" dedi, "Donu olmayana ver onu." Biri elini uzattı, "Bana ver," dedi. "Benim donum yok." Ona verdim. Gökyüzüne, ağaçlara bir daha baktım. Yaşamak güzeldi. "Yaşamak," dedim. İlk kez yaşamayı seviyordum. Döndüm, giyeceklerimi istedim. Yiyecek gibi gözlerime baktılar, "Vermeseydin," dediler. Güldüler. Böyle çırılçıplak bir tarafa gidemezdim. Adamı asarlar. En iyisi köprübaşı. Köprünün üzerine çıktım, sulara baktım, kendimi bıraktım. "Yaşa," dediler. "Bravo!"

Yeni Ufuklar, Ekim 1956, İstanbul

YARINLARA USANÇLI TUTKU

–usanç verir hep aynı bilge
hep aynı bellek yoksunluğu
ağaran şakakların–

ÖZDEMİR İNCE

"Sana veda etmeye geldim," dedi girer girmez. Burun delikleri büyük büyük açılıp kapanıyor, önleri mor, yanları kıpkırmızı gözlerini kırpıştırıyordu. Uzun uzun bakıştılar. "Salihli"ye çalışmaya gidiyorum," diye ekledi. Kapıyı sıkıca kapadı. Alnında biriken terleri sildi. Ellerini birbirine süre süre yürüdü. Öbürünün yüzü değişti, alt dudağı öne uzadı, kaşları gözlerinin üzerine indi. Elindeki gömleği ivedi ivedi sırtına geçirdi, "Öldü mü?" dedi sert bir sesle. Hasan birden irkildi, "Ne... Ne?" diye kekeledi. Gözleri koca koca oldu, yutkundu. Ağzı açık kaldı bir an. Öbürü, "Öldü mü diyorum sana?" diye bağırdı. Yaklaştı, yakalarını tuttu "Sersem," dedi. "Koca budala. Kaç bakalım kaçabilirsen!" Sarstı. Hasan'ın başı önüne düştü. Şapkasının altında kıl gibi saçları fırladı. Yavaş yavaş başını kaldırdı, pencereden dışarı baktı. Çeşme önündeki su birikintisinin başında çocuklar oynuyorlardı. Bitişik evden yemek kokusu, bir çocuk sesi geliyor. Bir kadın, "Al beş vereyim oğluma" diye sızlanıyordu.

Ağır ağır döndü, boğazını göstererek, "Nah burama geldi" dedi. Dudaklarını birbirine sıkıca yapıştırdı, öteki düğmelerini vurdu, boyun bağını bağladı, toz yutmuş aynada düzeltti. Döndü, "Onu, dokuzu bilmem. Ortada bir ölü var, hem zengin biri" dedi. Ceketini aldı, tozunu çırptı. Hasan, pencereye dönmüş, çirkef kokan sokağa bakıyordu. Bir çocuk, daha küçük birini kovalıyordu. Kavuştu, arkadan ensesine vurdu. Çocuk yere yuvarlandı. Öbür çocuk arkasına baka baka döndü. Çocuk ayaklarını uzattı, kirli ellerini gözlerine kapayarak ağlamaya başladı...

Bir kadın çamaşır yıkıyordu. Bir seyyar satıcı, "Patates!" diye bağırıyordu. Evlerden karmakarışık bağırtılar, türküler duyuluyordu.

Elini boğazında gezdirdi, "Öldü," dedi. Elleri yanına düşüverdi, "ben de kaçtım." Çocuğun sesi daha bir gür çıktı. Kadının sövdüğü duyuldu. Hasan başını dikleştirdi, "N'apim," dedi, "burama geldi. Her gün başıma dikilir para para derdi. Çalışmaya başlar başlamaz ödeyeceğimi söyledim. Kardeşim yanlarında iken hiç seslenmezlerdi. Kızı da baştan çıkardılar ya... On üçünde olduğuna kimse inanmaz şimdi. Parasının bir kısmını geçen gün verdim. Öbürünü de ilk fırsatta ödeyecektim. Her gelişinde söver sayar, söylemedik söz bırakmazdı. Uygun bir iş buldum. Bugün çalışmaya başladım. Geldi, parasını istedi. Ay başında veririm dedi. Üsteledi, eli ayağı titriyordu. Başka birine kızmış acısını benden almaya gelmişti. Memurlara, benim çok rezil bir adam olduğumu, benim gibi birine banka veznesi güvenilmeyeceğini söyledi. Kız kardeşimin ortalıkta düşüp kalktığını, benim de yatıp kalkmaktan çekinmeyeceğimi bağıra bağıra söyledi. Bu ara müdür geldi. Müdürle sessiz sessiz konuştular. Müdür hep yan gözle beni süzüyor, ikide bir başını tuhaf tuhaf sallıyor, 'ya, ya!' diyordu. Sonra bana, artık çalışamayacağımı söyledi. Kapıyı gösterdi, 'çık,' dedi. O hergele müdür de onun sözlerine inanıp beni kovdu."

Bir cigara yaktı. Bir tane de Hasan'a uzattı "Buraya girdiğini gördüler mi?" diye sordu "Bilmiyorum," dedi Hasan. Eliyle havaya bir iki çizgi çizdi.

Adamın biri kapının ağzında oturmuş kâğıt torba yapıyordu, "Korkmuyorum," dedi "Böyle yaşamaktansa..." Sustu, cigaradan derin bir nefes çekti. Püskürttü. İleriye uzandı, "Beni asmazlar değil mi?" dedi dişlerinin arasından. Korkak bir yüz çıktı ortaya. Renksiz.

Masanın üzerinde buruşuk, kirli bir çorap, bir su bardağı, kırık bir ayna, bir parça ekmek vardı. Hasan ekmeğe bakıyordu "assınlar be," dedi. "Korkmuyorum. Kanı beş para etmez adamaların karşısında ezildikten sonra, assınlar be, daha iyi. Bizim bir lokma ekmek için anamızın dini çatlarken, elin adamı..." Ayağa kalktı, pencereye yöneldi. Çeşme başındaki çocuklar kavga ediyorlardı. Birbirlerine su atıp sövüyorlardı. Rüzgâr yolun tozlarını kaldırdı. Elektrik direğinin dibinde ceketleri omuzlarında iki adam belirdi... Katıla katıla gülüyorlardı.

"Ne yapacaksın?" dedi. Hasan, eski korkuyu gözlerinden silerek konuştu: "Kaçacağım."

Çocuklar kavgayı bıraktılar. Çömelip pencerenin önünden geçtiler. Biri ceketini giydi. Öbürü teneke kapıyı itip girdi. Arkasından bağırdı: "Unutma ha!" Çocuklardan biri, "Babam geldi, babam geldi," diye koştu. Babasının yanına gelince duruldu. Beklediğini bulamadı. Adam tulumbayı çekti, elini yüzünü yıkadı. Mendilini çıkardı, yüzünü sildi. Çocuğun yüzüne bakmadan arkasını döndü. "Ne o?" dedi. "Çamaşırın daha bitmedi mi?.."

Öbür adam eve girip geri döndü.

Hasan.

Öbür adam.

Adam kâğıt torbaları üst üste yığdı. Bir ip geçirdi kalktı.

Pazar Postası, 6 Ocak 1957, Ankara

MAVİSİZ YALNIZLIK

Siyah önlüklü okullu kızlar geldi. Suları seyreden adamların gözlerindeki maviyi kızların gözüne koydu. Adamların gözleri renksiz, karanlıktı. Orhan'a kızdılar, aralarında konuşup bağırdılar. Biz resimden çıkıyoruz, deyip gittiler. Orhan da, "giderseniz gidin," dedi, "kimin umurunda." Kızlar bu hâle sevindiler. Orhan da sevindi.

Tuvaldeki boyaları ezdi, fırçayı suya batırıp temizledi iyice. Köprünün uzaklarında, elektrik santral binasının kırmızı kiremit damları görünüyordu. Uzaklardaki mavi Orhansızlığın acısını çekiyor. Yalnız, bitmeyen bir keder. Orhan'ın fırçası oraya değin yetişmiyor. Omuz çırpıyor. Seyhan'ın yağlı sularında balık avlayan insanların gölgesine renk bulamadı. Bunlar da gölgesiz olsun deyip, kadehini boşalttı. Gölgesiz insanların kamışları kontralitten dışarı fırlamıştı. Biri, "Bana balık tutturmazsan sennen olmam," diye tutturdu. Orhan pazularını gösterdi. "Bilek güreşinde beni yenersen balık tutarsın," dedi. Adamla tutuştular. Orhan yıktı. Yaşasın Orhan! Köprünün üzerindeki kum arabalarının takırtısı uzadı, uzadı. Bir arabacı koşa koşa geldi. "Beyim beni de resme al," diye yalvardı. Orhan tuttu, bu adamı da resme koydu. Adam resme girmekten büyük bir sevinç duyuyordu; ağzını kapamasını söyledi. Adamın sevinçten ağzı kapanmıyordu. "Kapa be adam ağzını!" diye bağırdı Orhan. Adam diklendi. "Ne diyon be, bağırıp duruyorsun." Orhan da, "istersen çık," deyip fırçayı salladı. Adam boyalı boyalı çıktı. Üzülmüştü. Hemen arabaya binip atını kırbaçladı. Resimdeki adamların üstüne sürdü. Adamlar hep kaçtı. Orhan'ın boyaları darmadağın oldu.

Hastane binasının beyaz duvarlarına vuran güneş bir karış yukardaydı... Köprü bitmemişti. At huysuzlaşmış vira koşuşuyordu. Bir ara köprüye yöneldi. Orhan sapsarı kesildi, arabanın arkasından koştu, "Hey!" diye bağırdı. "Durdur arabayı durdur! Köprü daha bitmedi." Sözünü bitirmeye kalmadı, atla araba köprüden aşağı yuvarlandılar. Neyse ki kontralit küçüktü.

Sabahtı. Orhan, bir kenti aydınlatacak değin beyazı kontralite boşalttı. Sonra bir başka fırçayla yerini kaybeden güneşi yeniden çizdi. Böyle güneş mi olur hiç? Değiştirdi.

Kalakapısı bitmedi. Köprünün paslı parmakçıklarını, elektrik direklerini bir fırçada çıkardı. Fırçayı beyaza batırıp ortalığı aydınlattı. Yeni uyanmış, işlerine giden insanları karmakarışık çizgilerle yaptı.

Fırçayı rasgele sürdü. Bir gökyüzü, bir bulut. Kıvrılarak giden, kırmızı boyalı fabrikanın orada kaybolan Seyhan'a üç damla yeşil akıttı. Güçlü akan su yeşili aldı götürdü.

Abidin Paşa Caddesi'ndeki evlerin pencereleri yavaş yavaş açıldı.

Bunları Orhan görmedi. Görse dellenirdi.

Sebze pazarına bir çizgi çekti. Küçük saatin yerini noktaladı. Sonra yeniden sebze pazarına geçti. Pazarı, pazarın bağıran insanlarını yaptı. Bunlar da ne biçim adamlar? Ne ağız ne burun...

Evlerinin önüne, kaldırımlara oturmuş haylaz çocuklar gerek. Kız – oğlan...

Küçük Saat'in boyacılarını, Terskapı'nın hamallarını, tablalarında nergis, sümbül satan çiçekçileri unutmadı. Ta kenar mahallelere gitti. Baktı ki her yan çamur içinde, geri döndü.

Kalakapısı'na döndü. İnsanları orada bekliyorlardı. Kurumuşulardı. Yüzlerine sert sert fırçayı vurup ağızlarını, kulaklarını sildi. Gözleri kaldı yalnız. Düşündü, "Hımmm..." deyip başını aşağı yukarı salladı. Ne düşündü bilmem? Gözlerini de sildi adamların. Orhan onların mutlu yaşamlarını işitiyordu. Mutlu yaşamak isteyen bir adamın ağzı, kulağı, gözü olmamalıydı. Görmemek, duymamak, söylememek en iyisiydi. Gerçek insan bunlarsız olanıydı. Yüz yıl sonra resme bakan biri, bugünün insanını anlamayacak, insanların ne çok gelişmiş olduğunu bağıracaktı.

Kalakapısı'nı dolduracak değin insan yaptı. Bunların arasına durmadan bağıran dört insan koydu. Kalkıp yemeğe gitti. Döndüğünde bütün insanlar bağırıyordu. Herkes kendi ağız yerini bıçakla açmıştı. "Biz ağız isteriz, biz göz isteriz," diye bağrışıyordu. Kimsenin kulağı yoktu ki duysun...

"Efendiler, efendiler. Susun, susun beni dinleyin biraz. Şimdi hepinize yetecek değin mavim yok. Ben istiyorum ki hepinizin gözü mavi olsun. Kalkıp başka başka renklerde göz yaparsam, niye benimki mavi de onunki siyah deyip içleneceksiniz. Efendiler hepinize yetecek mavi bulduğum gün gözlerinizi yapacağım. Anlaştık mı?"

Kalabalıktan biri bağırdı. "Ben maça gittiğim zaman, istediğim takıma yuh, istediğim takıma yaşa diyebilmem için ağzımın olması gerek. Ağzımızı çok açamıyoruz. Ağzımızı açın bari."

Orhan yeniden çıktı ortaya. "Efendiler, resim bitene değin kimseden ses istemiyorum. Bunun için ağzınızı yapmadım."

Bir başkası söz istedi.

Dedi ki: "Bazen insanın yanındaki arkadaşın sözlerini... (burada edebiyat yapmaya kalktığı için beceremedi, arkadaşları onu yuhaladılar.)

Onun yerine başka biri çıktı: "Efendim," dedi. "Müzik ruhun gıdasıdır diyorlar. Bizim de gıdaya ihtiyacımız yok mu?"

Orhan apıştı kaldı. Kekeledi. Sonra fırçayı mırçayı elinden attı. Kontralite bir tekme savurdu. "Ne hâliniz varsa görün," dedi. "İnsanlı resim yapamayacağım bir daha... Hep hayvan yapacağım. Durmadan bağırıyorlar be! Ne adamlara çattık yahu..."

Pazar Postası, 21 Nisan 1957, İstanbul

DELİ ÇOCUKLARA ŞARKI

Akşamları serseriliğim tutuyor, Mahmut'la gidip içiyoruz. Mahmut, sarhoş olunca sevdiği kızları anlatıyor.

Saat on'dan sonra kendimizi kaybediyoruz. Önce Mahmut'u sonra da beni arıyoruz. Mahmut'un istasyona doğru gittiğini öğrendik. Otobüsler dolu dolu geçiyor. Birine asılıyoruz. İstasyon yalnız başına oturmuş bizi bekliyor. Lokomotifin biri *Bafra* tellendiriyor. Raylar sarhoş. Makasçı şarkı söylüyor. Işıklar geri geri gidiyor. Lokomotifin birine selam verdi Mahmut. Lokomotif eğildi, "Çok yorgunum. Bağdat'tan geldim," dedi. Mahmut makasçıya kendisini sordu. Makasçı pis pis güldü.

Her geçen saat biraz daha uykulu. Portakal çiçekleri adamı deli ediyor. Mahmut ağlayacak neredeyse. "Annem beni döver," diyor. "Bulamazsam eve de almazlar." "Ağlama be, çocuk musun? Bak, ağlarsan yağmur yağdırırım..." Korkuyor... Üzerinde yalnız gömlek var... "Beni kızdırırsan yağdırırım," diye üsteliyorum... Lokomotifin biri gevrek gevrek gülüyor. Mahmut lokomotife kızdı. Bir ana avrat çekiştirdi. O da sövdü. Baktım kapışacaklar, uzaklaştık...

Numune Hastanesi'ne geçtik... Mahmut, "Şu pencerenin camlarını taşlayacağım" diye tutturdu. Köşede iki köpek sevişiyordu. "Bizde böyle sevişebilsek," dedi Mahmut. Köpek alındı, "Ayıp, ayıp," dedi, "boyundan utan bari." Dişi Köpek de, "Pis terbiyesiz" diye tükürdü. Mahmut köpekleri taşladı...

"Hadi bara gidelim," diyor. Paramızı sayıyoruz, bara gidebilecek değin paramız yok. Hasan Ağa'dan on lira borç aldık, Mahmut'ta da beş kâğıt var, ver elini Yeni Bar...

Nihat, 18 Mart salıları. Yeni Barlı karpuz çekirdeği. Uzun kuyruklu havuç turşusu. Bunları getirdik usumuza. Nihat'ı düşündük... Önümüzdeki masada bir elma vardı. "Al şunu," dedi Mahmut, almadım. "Nihat olsa alırdı," dedi. "Nihat senden serkeş." Başımı Amerikan bara çevirdim, Mahmut'un kendisi. "Bak Mahmut," dedim. "Sen neredesin?" Baktı, "Heye be benim," diye sırıttı. Mahmut, iki kızın arasında oturmuş mente içiyor. Kalkıp gittik, bizi görmezliğe geldi omuzuna dürttük, şöyle bir baktı, "Ne var?" dedi. "Beni gördün mü?" dedim. "Midesi bulanmış, yukarıda," dedi. Yukarı fırladık, yere yatmışım böğürüyorum. Yekindi. "Sana içme dedim içtin, ben ne yapim." "Bana çok bağırma sonra seni yalnız bırakır giderim, yarım adam kalırsın... Ayda yılda senden bir ayrılayım dedim olmadı. Bıktım usandım senden. Kitaplarından, öykülerinden usanç duyuyorum artık. Bırak da biraz istediğim gibi yaşayayım." Söyleyecek söz bulamadım. Sallanarak yürüdü, arkasından gittim. "Beni dinle," dedim. "Mademki benimle yaşamak istemiyorsun, ne hâlin varsa gör."

Mahmut koşarak aşağı indi.

Benden bir ben çıktı gitti. Mahmut, içindeki Mahmut'u kaçırmak istemiyor. Ben toleranslı adamım. Bir adam dilediği gibi yaşayabilir... Merdivenden inerken yuvarlandı. Bir ayağı kırıldı. Kırılan ayak benimdi. Kırık ayağı çöp kutusuna attı. Tek ayaklı kalmıştım. Mahmut'a seslendim. O da kendisiyle kavga ediyordu aşağıda. Bağırdım, garsonlar beni kaldırdılar. Mahmut kendisiyle birleşip geldi. Biraz oturduktan sona çıkıp gittik. Mahmut, "En yakın şarapçıdan şarap içelim," dedi. İçimdeki ben gözlerime baktı. "İstediğin gibi davran," dedim. "İç, sev, bağır, şarkı söyle..." "Bakma," dedi, "seni kızdırdım, sen şu yasak şarkılarından söylesene." *Deli çocuklar, deli çocuklar... Hey deli çocuklar... İçimden vira bağırmak geliyor, Nihat gitti askere, alır gelir teskere.*

Barıştık...

Çingene Mahallesi'nden geçerken Kemal'e rastladık. Kemal hep Çingene kızlarına asılıyor. Deli oğlan. Kızlar da deli... Çeşmeden su içtik...

Saat Kulesi yerinde yok. Çalmışlar. *Deli çocuklar, deli çocuklar...* Saat Kulesi'ni getirin... Sabah olmak üzere. Saat kayıp olduğu için bir türlü güneş doğmuyor. Saati bulamazsak, gecede kalacağız... Ertesi güne akşam saati bulduk... Güneş doğdu.

Mahmut yolun ortasına uzandı, ben de yanına çöktüm. Uyuduk...

Bir, aylık sanat dergisi, sayı:1
15 Haziran 1957, Ankara

ONA

Sık sık uğramamı söyledi. Ayda yılda bir uğruyormuşum. Bunun için de iyi bir arkadaş değilmişim. İyi bir arkadaş olamazmışım. "On kuruşluk buz ver," dedim. Dolaptan birbirine yapışmış iki kalıp buz çıkarttı. Koltuğumun altından karpuzlar düşecekti. Birini dolabın üzerine koydum. Buzu sağ elime, kapuzların birini sağ, diğerini de sol koltuğumun altına yerleştirdim. İşleri hep yarım bırakıyormuşum. Bana çok kızıyor, "Dün gece yarısına kadar seni bekledim," dedi. Ben unutmuştum bile. Anahtarı masanın üzerine koymuştum, arasa bulabilirdi. Sezai gelmese bulamayacakmış, "Geldiğimde sapsarıydı," diyor Sezai. Sezai yedi buçukta gelmişti. Sezai geldikten sonra da gitmişler. Bir de bana, "gece yarısına kadar," diyor. Çocuğun ateşi yükseliyordu, yanıyordu. "Doktora gösterseniz," dedim, "Para yok," dediler. Merdivenin başında bir kırmızı terlik, bir de kara kundura vardı. Kundura yeniydi. "Yukarı çıkma," dedi annem. Baktım, "Kız kaçırmışlar," dedi. "Kız mı?" dedim. Karpuzları, buzu aldı. Kız kardeşimin canı sıkılmıştı. "Memet," dedi annem. "Hangi Mehmet? dedim. "Ömer'in kardeşi," dedi. Patozla samanlarını koyunuma boşalttı. Sıcakta kaşınmaya başladım, sivilcelerim patladı. Soğuk soğuk yılanlara sarıldım. Mehmet, o anda aşağı inse ağzını burnunu kırardım. "Ne bok yemeye kaçırmış?" dedim. "Bilmiyorum," dedi. Kalın köseleli kunduralarını, Mehmet'in yüzüne fırlattım. "Seni seviyorum Ona" dedim. Saçlarını omuzlarından aşağı attı. Çin'de, pirinç tarlalarında, ayaklarımız suda. Başımdaki geniş kenarlı hasır şapkayı göğsümün üzerine koyup, önünde diz çöktüm. "Ona," dedim, "İnan ki seni çok seviyorum." Önümde durdu, elini omuzlarıma koydu. "Sen Çinli değilsin," dedi. Doğruldum, "Ne çıkar Ona? İstersen Çinli olurum." Öküz arabaları yaklaşıyordu. "Çabuk söyle Ona, bu gece tamam mı?" Dudaklarını büktü, gözleri kaydı. "Olmaz," dedi, "sonra babam" olmaz dedi binlerce kez olmaz olmaz olmaz maz az zzz... Ellerini buzun üstünden çekti, kemikleri kaba koydu "Bugün Memet et aldı," dedi, yoksa ağzını yıkardım. "O kim?" dedim. "Beraber kaçırmışlar," dedi. Uyuyordu. Yorgun olacak. Gazocağını pompalarken, "Kız çok küçük," dedi. "Başlarına bir iş gelmesin." Kız aşağı indi. Kocaman burnu vardı, karaydı. Uzun, çiçekli bir basma giymişti. Karşımda durdu. "Ona sen," dedim, "sen kaçtın ha!" Küçüldü, terliklerinin içine girdi. Saçlarının örgüsünü önüne aldı. "Kaçtım," dedi. "Hani sen Çin'de evlenecektin?" dedim. Başını eğdi, "Öpim," dedi. "Yok," dedim. "Ulan Memet," dedim, "Ulan Mehmet kız çok küçük lan." Benim pijamaları giymişti. Sallana sallana yürüdü. "Arkası yok, kimse aramaz," dedi. Çocuğun ateşi 75'ti. "Öldürmüşler," dedi, "Mincolar öldürmüş," dedi. "İki kardeşi birden bıçaklamışlar, karınlarını deşmişler," dedi. "Ona, seni çok seviyorum," dedim. Sarı nehrin kenarında, yükselen ağaçların altına oturduk. Yüzüme baktı. Gözüme, kulağıma baktı. "Kıyamette," dedi. Kıyamet kopacaktı, biz ancak o zaman birbirimize kavuşacağız. Başka türlü olmaz. Kıyametten sonra bir olacağız. Uzun uzun saçlarımızdan tutup ateşlerin içinden çıkartacaklar. Birbirinden parçalanacak! "Şu hortumu çıkarınca," dedi, "şey," dedi. Sonra; "Korkmadınız mı?" dedi. "Yok," dedi. Kızı Hu'nun arkasında bekliyordum. O da kalkmış eve gitmiş. Arabaya yirmi lira verdim. "Topal uyuyor," dedi. Topal uyandı, "Ben gidiyorum," dedi. "Görürlerse," dedim. "Kadirli'den geliyorum derim," dedi. Bıyıkları kocamandı. Ona, koşarak evin arkasına geçti. "Ona seni çok seviyorum," dedim. Omuzlarını tuttum, "Öp beni," dedi. Tepemin üzerinde dudaklarına dikildim. Beni çiğnedi, ben de onu çiğnedim. Bu sonuç üzerine, senin karın olacak, nedir yani bu? İki buçuk yıl bu abi. Sende fakirsin, o da fakir. "Kimsesi yok," dedi, "kimse aramaz, sormaz." Kimse arayıp sormazdı. Nasılsa kimsesi yok. "Dönme yok," dedi. Kalasları, diklemesine yolun ortasına diktiler. Bundan sonra kimse geçemeyecekti. "Çok içme, sıcakta yaramaz," dedi. Saatine baktı, "İkiye on var," dedi –Valla billa, herkesten borç ettik. Utanıyorum valla– Dört harfli. "Konu," dedim. Patron beni bekliyordu, "Sana iyi yolculuklar," dedim. Dört köşe kalıplara buzları yerleştirdiler iyice. Çocuk dükkânın önünü suluyordu. Sulama arabası yolları suluyordu. Kadın balkondan eğildi, "Kaça satıyorsun onları?" dedi. Adam, kadının sarkan memelerine baktı. "Ona," dedim "istersen hemen bu gece."

Ona ateş yaktı. Uzaktan ışıklar görünüyordu. "O ışıklar," dedim, "Top atıyorlar," dedi. Gaz ocağını salladı, "Gaz kalmamış bunda," dedi. Bir daha salladı. Memet ayaklarını güneşe uzatmıştı. "Topla ayaklarını" dedi Topal. Bıyıklarını titreterek baktı. Sinirlenmişti. Boyun damarları şişmişti, "Korkma," dedi, "kimsesi yok, kimse aramaz." Mehmet korkuyordu. Daha çok, üzülüyordu. Topal'ın başına bir iş gelsin istemiyordu. Annem yeşil biberleri tulumbada yıkadı, "Olacak olur oğlum," dedi, "ne üzülüyorsun?" Olacak olurdu. Olmayacak bile olsa yine olurdu. Çünkü olacak olurdu. Memet gerindi, "Arkası yok, kimse aramaz," dedi. Kızın kör bir kardeşi vardı, babası da dağa çalışmaya gitmişti, "Arayanı yok," dedi. "Fakirler n'olacak. Adamların Ceyhan'a inecek paraları bile yok."

Çocuk fenaydı. Hastaydı. Komşusunun sıpası anırıyordu. En çok ona kızıyordum..."Çok içme, yaramaz," diye bağırdı annem. Bardağı masaya koydum, "On beş güne yakalayamazlarsa kurtulduk," dedi. Ona ateşin içine ayaklarını soktu. Üşüyordu. Boynuma sarıldı, "Çok garip adamsın," dedi, "Ona seni seviyorum," dedim. Kollarını sıkı sıkı boynuma doladı. "Yalan," dedi. "Valla çok seviyorum," dedim. "Kuran çarpsın mı?" dedi, "Çarpsın," dedim. Aşağıda herkes dans ediyordu. Mösyö Paul piyanoda hep bizi çalıyordu. "Madam eskilerden. Bar randevu evi çalıştırmış, şimdi de kendisine arıyor," dedi. "Madam kafa dengi," dedim. "Bir Amerikalı ile nişanlanmışlar, Amerikalıyı da içeri tıkmışlar şimdi." Madam iyi İngilizce biliyordu. Kalktı, deli kadının yanına gitti. Deli Bedo dondurma yiyordu, "Ulan sen Abbas mısın?" dedi Madam'a. Madam güldü. Madam'ın beyaz çorapları vardı. Güneşte en çok yanmış bir derisi vardı. Çikolataydı Madam. Sandalyesini Bedo'nun yanına çekti. Bedo, "Sen niye Abbas değilsin?" dedi. Çin'e, pirinç tarlalarına yağmur yağıyordu. Ona eteklerini yukarı çekmiş, koşuyordu. Bacakları görünüyordu. Ayağı kaydı suya yuvarlandı. Çinliler, Ona'nın bacağına bakıp keyiflendiler. Koştum kaldırdım. Sarı nehirle birlikte aktık. "Ona seni çok seviyorum," dedim. Madam katıla katıla gülüyordu. Dede, "Ulan sen Abbas mısın be?" diyordu. Berber Süleyman, usturasını kayışta sert sert gezdirdi. Gözü Madamdaydı. Madam'ın eteğini rüzgâr açıyordu. O da elleriyle eteğini tutuyordu uçmasın diye. "Kaçacağım," dedi. Pastanenin önüne oturamazdık. İçeri geçtik. Asker elbisesinin içinde ufacık kalmıştı. "Nasıl kaçtın be? dedim. Memet dondurma getirdi. Kaşıkladık. Yanımızdaki masada iki bar kızı oturuyordu. Biri hep bana bakıyordu. Beni öptü. Ben de onu öptüm. Çok öptüm. "Daldın," dedi. Başımı kadından çevirdim. Dondurmasını yiyordu. Bu kez öbürüne baktım, dudakları yüzünü kaplamıştı. Yüzü salt dudaktı. Eli ayağı hep dudak kesildi. Çok sıkılıyordu. Böyle asker elbisesi ile kimseye görünmek istemiyordu. "Memet, iki de soğuk su ver," dedim. Memet de kadınları öpüyordu. Herkes kadınları öpüyordu. Sümer, kâğıtları dağıttı. "Kedilerin iflahını kesiyorum," dedi. Güldüm. Ali, "Pas," dedi. "Senden haber çıkana dek kedilere karışmayacağım," dedi Sümer. Kadınsızlık diye düşündüm. Çamlar sallanıyordu. Sümer akordeon çalacak. "İnzibatlar görürse biçimsiz," dedi. Potinlerini yere vurdu, potinlerinden toz çıktı. "Arkası yok," dedi Memet. Topal kirevete oturmuştu. "Ayaklarım parçalandı," dedi. Ayakkabılarımı çıkartıp, firezlerde koşuyorum. Önde Memet, kızın kolundan tutmuş kaçıyorlar. Koltuğumun altında bohça, her adımda biraz daha ağırlaşıyor. Dikenler ayaklarımı parçalıyorlar. Ortalık ağarmak üzere Ceyhan'a vardık. Bir taksi tuttum yirmi liraya. "Demek kaçtın ha Ona." Parmağını dudaklarıma yapıştırdı, "Sussss," dedi. Sustum. "Ya Çin?" dedim, "Çin n'olacak?" Omuzlarını çırptı. "Sarı nehir kurudu," dedi. Sarı nehrin balıkları, çakılları hep kurudu. Pirinç tarlaları, uzun uzun sazlıklar, ot evler hep Çin'de kaldı. "Ona," dedim "İstersen hemen bu gece kaçabiliriz. Bırak, kimseyi düşünme Ona. İkimiz, bak birbirimizi seviyoruz işte." Ona, dudaklarını dudaklarıma yapıştırdı, "Çok aptalsın," dedi. "Ona sen," dedim. – Taş köprüden geçen bütün insanlar mutluluğa gitmezler – Kumrular çıplak dallarda ötüyorlar. Okuldan kaçmış çocuklar mızıka çalıp, şarkı söylüyorlar. Ona, siyah önlüğü içerisinde daha bir güzelleşmiş. "Annem duyarsa," dedi. "Duysun, nasılsa bir gün duyacaklar," dedim. "Sonra ne yaparız?" dedi. Ellerine yapıştım. Sıcacıktı. Ben bu elleri bir başka zaman ansıyıversem ölürüm. "Evleniriz Ona," dedim, "düğünsüz evleniriz seninle. İstersen Çin'e gideriz, nasıl istersen. Ona, istersen burada kalırız." İçimize birden bire bir karanlık çöktü. Ona konuşmuyordu. Ellerini sıkıca yakaladım. "Cevabını bekliyorum." Düşünceliydi. Hızlı hızlı yürüdü. "Seni burada bekliyorum," dedim, "çıkınca konuşuruz." Arkadaşına gitti. Ben pastaneye girdim. Onu görebileceğim bir yere oturdum. Biraz sonra Ona çıktı. Yanında yaşlı bir adam vardı. Eğilip eğilip Ona'yı öpüyordu. Ona da gülüyordu.

Pazar Postası, 24 Kasım 1957, Ankara

SÜRÜNGENLER

Kapı korkunç bir gıcırtıyla açıldı, içimde daha öncelerden birikmiş bir korku vardı. Benim olmayan, benimle hiç ilgisi olmayan bir korku. Ben karma bir kişiyim. Ellerim Orhan'ın elleri, ayaklarım Mahmut'unkiler. Ortada salt eller, ayaklar. Eksik miyim? Hayır, eksikliğim falan yok. Geri kalan yanım boşluk. Ellerim, ayaklarım da bir an sonra kayboldu. Başka bir kişide, başka bir kişi oldum. Salonun ortasında bir kadın duruyordu. Ben, kadına bakıyordum. Kadının, kadınlıkla hiç ilgisi yoktu; patates çuvalıydı. Ama ona herkes kadın diyordu. Kadın demişlerdi bir kez. Sütunların arkasında kıvranan gençler bana doğru geliyorlar. Her adımlarında çoğalıyorlar. Her biri, birkaç parçaya bölünüyor. Çoğalıyorlar. Sonra müzik; hiç duymadığım fakat duyduğumu sandığım parçalar. Adlarını bildiğim kişileri usumdan geçiriyorum. Hiç biri değil. Karanlık, toz gibi gözlerimi kızartıyor. Pencereden gördüğüm yıldızlar gözlerimi kör ediyorlar. Patates çuvalına yaklaşıyorum. Tozlu, pis patateslerin yarısı çürümüş. "Ne bekliyorsun burada?" diyorum. Dans eden gençler yok oluyorlar birden. Müzik sallanıyor. Bir anahtar karanlığa çarpıyor. Gözlerimin gördüğü çok az. Yanımda olmayan fakat yanımda sandığım bazı kişiler var. Ben onlarla sessiz sessiz konuşuyorum. Onlara, bu patates çuvalının kadın olup olmadığını soruyorum; "kadın," diyorlar, "hem güzel bir kadın." Yanımdaki adamlar bir var bir yok oluyorlar. Bilmiyorum, bilemiyorum. Korktuğumu biliyorum yalnız. Biraz önce dans ettiklerini iyice gördüğüm gençleri arıyorum. Koskoca salon patates, soğan çuvalları ile dolu. Arkamdan bağırıyorlar. Hiç görmediğim biri elini uzatıyor. Seslerini tanıyorum.

Kendileri yok karşımda. Görmediğim halde, gördüğümü biliyorum. Yalnız et, kemik değil bunlar. Düşüncelerimizde yaşattığımız kişiler. Sınırlayamadığımız; el, ayak, kafa, kulak olarak düşünemediğimiz insanlar. Biri ölmüş galiba. Kafam kazan gibi. Ben, ben olmaktan çıkmış, başka birileri olmuşum. Başka birileri de ben olmuşlar. Olduğum yerde çakılıyım. Kimseyle konuşmuyorum. Bana öyle geliyor ki, ben bu anları daha önceleri yaşadım. Gördüğüm şeylerin hiçbiri yabancı değil bana. Ama ben iyi biliyorum ki, buraya ilk kez geliyorum. Şimdi ne diye geldiğimi, ne yapacağımı bilmiyorum. Biraz önce girdiğim kapının pencere olduğunu, koskoca salonun küçücük kaldığını görünce şaşırıyorum. Pencere tepemizde. Bir garip kubbenin içindeyim. Gece galiba. Tepemizde güneş var. Koskocaman bir güneş. Yanında da parlak parlak yıldızlar. Yıldızların hepsi, pencerenin kapladığı alana dolmuşlar. Dışarısı aydınlık, içeriye karanlık doluyor. Benden başka kimse yoktur diyordum. Aşağıdan gürültüler geliyor. Bakıyorum; merdiven. Soluk yüzlü bir adam merdivenin başına oturmuş kahve içiyor. Birden, kalabalıkların içine daldığımı, onlarla beraber bağırdığımı görüyorum. Milyonlarca insan, merdiven başında, boş meydanlarda, köşe başlarında, her yerde bağırıyorlar. Ben bunların hepsini birden, aynı zaman içeresinde görüyor ve duyuyorum. Sonra birden, geldikleri gibi aniden kayboluyorlar. Daha önce söyledim, ben, ben değilim. Tanımadığım insanlar çıkıyor karşıma. Gülüyorlar. Aptallaşıyorum. Dere başında oturmuş, balık avlıyorum. Ben salondaydım. Oltamı kaldırdım attım, haritada bir ırmağa düştü. Asya'da ya da Afrika'da bir ırmak. Adam kahve fincanını şişirip patlattı. "Geliyorum," dedi. Patates çuvalı geldi. Şaşkın şaşkın bakışıma, aptallaşmama güldü. "Ne diyeceksin?" dedi "Ne olursa," dedim. "Yanında ne istersin?" dedi "bilmiyorum," dedim. Uçaklar salonu bombardıman ettiler. Herkes öldü. Korktum. İkinci Dünya Savaşı, Üçüncü Dünya Savaşı, Onuncu Dünya Savaşı, savaşı, savaşı. Biraz sonra, Kızılderili davullarının sesi yükseldi. Tepelerde, yığın yığın dumanlar, binlerce Kızılderili bağırıyor. Bu bağırtıda yılların kini saklı. Topraklarından sürülmüş insanların bağırtısı. Huhuhuuuu, huhuhuuuu diye bağırıyorlar.

Tüylerim varsa, diken diken olmuştur. Hep bana bakıyorlar. Oklarını bana çevirip, binlerce oku kafama, gözüme saplıyorlar. Terliyorum. Olduğum yerdeyim. Korkumdan altıma işiyorum. Kafamın derisini yüzdüler. Kafatasımı alıp götürdüler, kapı mandalı yaptılar. Kahve içen adam gözlerini dikti, "Ne var?" dedi. Saçlarımı düzelttim "Hiç, vitrine bakıyordum," dedim.

Patates çuvalları yanlarımı çevirdiler. Yüreğimi cımbızlamaya başladılar. Kahve içen adam tabutları açtı. Sarı yüzlü ölüler, tabut kapaklarını kaldırdılar. Kalkıp mum yaktılar. Yüzleri karanlıktı. Beni gördüklerinde ben yokum. Aşağı indim, hiç duymadığım, adlandıramadığım bir koku. Çamur, pislik... Yalnız değilim galiba. Benden başka çokları var burada. Patates çuvalları, soğan çuvalları, korktuğumu biliyorum artık. Sessiz bir korkunun yanı başına oturmuşum. Çocuklar, suda, kâğıttan kayık yüzdürüyorlar. Patates çuvalı, ayaklarını Nisan'ın kenarında Mayıs'a uzatmış. Pis, büyük ayaklarıyla Mayıs'ı eziyor. Kalkıyor muyum, oturuyor muyum, yoksa yürüyor muyum? Ellerimi ne yapacağımı bilemiyorum. Fazla geliyor. Kaldırıp atmak geliyor içimden. Arkama, önüme, cebime koyuyorum. Fırlıyor, ağır geliyor. Gücüm yetmiyor taşımaya. Üzerime kamyonları sürüyorlar. Kaçamıyorum, tepeleyip geçiyorlar. Kahve içen adam gülüyor. "Karnını iyi doyurdum mu?" diyor "Sağolun," diyorum. Adam merdivenin başından bir parça kesiyor. Ölüler, kuru ellerini boğazıma geçiriyorlar. "Hiç de ete benzemiyordu," diyorum. Kafamı çekiçliyorlar. Mum alevini gözlerime sokuyorlar. "Çıkış kıpısı nerde?" diyorum. Daha çok dayanamayacağım bu sıkıntıya. Bunlar bize göre sıkıntı değil. Başkalarının sıkıntısı hep. Benim gibi olanların hepsi çıkış kapısını arıyorlar. O kapıya kurtuluş kapısı demek daha doğru. Sandıkların üzerine oturmuş birkaç kişi kâğıt oynuyor. Yanlarına gidiyorum, "Çıkış kapısı," diyorum. Hepsi birden yüzüme bakıyor. Ürperiyorum. "Demek sen beğenmiyorsun burayı. Çıkış kapısı arıyorsun ha." Biri "Tamam bu," diyor. Beni tutup asıyorlar bir ağaca. Sonra yeniden başlıyorlar oyunlarına. Mosmor kesiliyorum. Penceresizlik. Göremiyorum. Adamlar temizlik yapıyorlar. Berber dükkânının kepenklerini kaldırıyorlar. İçimize iyi tıraş edilmiş bir güneş doğuyor. Ben tembel tembel uyuyorum. Güneş gözlerimi kamaştırıyor. Yüzyılları uyuyorum. Bundan böyle uyanmam gerektiğini, ayık bulunmamın doğru olacağını düşünüyorum. Bu maldan bulmamız olanaksız. Piyasanın en güzel malı bu. Bulamazsınız. Bulamazsınız. Bu.. Bu.. la..m.. Defolun gidin başımdan. Beni yalnız bırakın. Ben korkuyorum işte. Bilmediğim şeylerden korkuyorum, bana kızmayın.

Terliyorum. Oturduğum yer çok karanlık. Korkuyorum. Çok korkuyorum. Birileri gelse de iki söz etsem. Yüreğimin bulunduğu kısım kötürümleşmiş. Ayaklarımın tabanlarını yaktılar. Aşağı indim. Korkuyorum. Çok korkuyorum. Uçaklar başımı bombaladılar. Bütün dünya savaşları başımda koptu. Bir savaş daha çıksa o da başımdan geçiştirilecek. Hakları için harmanları yakan insanlar, saçlarımı dibinden kesip yaktılar. Korkuyorum. Suyun ortasında bıraktığım adam, arkamdan "Kemal," dedi. "Kemal," dedi "Kemal, Kemal, Kemal, Kemal, Kemal, Kemal, Kemal, Kemalllll, Keeemmaaaammmmmallll beni bırakma, beni beni, beni bırak, bırakma!" diye bağırdı. Bıraktım. Arkamdan "Kemaalaaallllll," diye milyonlarca. Ben gittim. Kayığın arkasından bir zaman yüzmeye çalıştı. Yüzme bilmiyordu zaten. Deniz olduğu gibi midesine aktı, kurudu. Kayığım kuma oturdu. Sonra dünyanın bütün denizleri adamın boğazına aktı. Kayığımı götüremediğim içini yürümek zorunda kaldım. Bilmem kaç gün sonra adam denizleri kustu. Şimdi ben sağ mıyım, ölü müyüm bilmiyorum. Yokum; ellerim, ayaklarım, hiçbir şeyim yok. Karanlığım. Ben, benden başka biriyim. Ben başka bir adamda görünüyorum. Bir kasap ya da bir adam işte. Herhangi bir adam. Ben de herhangi bir adamım belki. Dünyanın bütün herhangi adamlarından biriyim ya da hepsiyim. Olmuyor. Olmasını istemediğim için olmuyor. Çocuklar, sabahları adamların papuçlarını boyuyorlar. Sonra, boş kalınca, her biri eline sabunlu bir bez alıp gökyüzünü sabunlu suyla iyice yıkıyorlar. Bir kısmı da sabaha karşı sokakları temizliyor. Bütün çalışmaları ilk bakışta kendileri için görünüyor. Karanlıklarında alıyorlar. Ama hiçbir zaman, kendileri için parlattıklarını sandıkları gökyüzü altında rahat bir soluk alamadılar. Ben de yapıyorum. Bana kimse iş vermedi. Ben yoklukmuşum. Ben kimim, neyim. Kim olduğumu bilmiyorum. Hele bu otomobil kornalarına öyle kızıyorum ki. Çok kızıyorum. Pencereden kadının yalnız ayaklarını görüyorum. Sabah olmuş. Duvarlara ayıp ayıp yazılar yazmışlar. Dışardaki sesler yabancım değil. Milattan Önce gelmişler buraya. Daha da buradalar. Taş devrinden beri buradalar. Kapı açıldı. İçeri, üstü başı berbat bir adam girdi. Hiç düşünemiyorum. Adamı tanımaya çalışıyorum. Gökyüzünü parlatanlardan biri. Hiç ağzını açmadan köşeye oturuyor. Ben ayaktayım. Kapı yeniden açılıyor. Biri daha. İlk gelen adam, yeni gelene "Gel, birbirimizi öldürelim," diyor. İkinci gelen, biraz düşünüyor. "Peki," diyor. Duvardaki büyük çiviyi çıkartıyorlar. "Bak," diyor, "üç dedim mi tam yüreğimin üzerine saplayacaksın." Çıplanıyorlar. Çırılçıplak oluyorlar. Yüreklerinin üzerine kömürle çember çiziyorlar. "Buraya tam," diyorlar. Bir, iki, üç.. Çivileri saplıyorlar. İkisi de birden düşüp ölüyorlar. Elim ağzımda ne yapacağımı, ne diyeceğimi şaşırıyorum. İlk gelen bana, "Gökyüzlerini parlatmamız hiç de işimize yaramadı," diyor, "başkaları için," diyor. Başını sallıyor iki yana, "başkaları için." Duruyor biraz, "Ölmek iyiymiş," diyor. "Sen de ölsene." Ben, dudaklarımın açılmadığını, sesimin çıkmadığını görüyorum. "Ben kendimi öldüremem," diyorum, "öldürürsün," diyor. "Öldüremem," "öldürürsün," "öldüremem, öldüremem, öldürememmmm!" diye var gücümle bağırıyorum. Elim ayağım titriyor. Bir an sessizlik oluyor. "Ben kendimi öldüremem," diyorum... Çivilere iğrenerek bakıyorum. "Ne tuhaf," diyor, "bizim ölmemiz hiçbir işe yaramadı."

Yeni Ufuklar, Kasım 1957, İstanbul

UNUTULMUŞ ADAM

Sesimi duyuyor musunuz? Size, bu kentin kenar mahallerinin birinden, unutulmuş bir insan bağırıyor. Ben bağırıyorum ben... Bugün bayram. Hepiniz yeni elbiselerinizi giymişsiniz, sevgililerinizi düşünüyorsunuz. Kesik saçlı sevgilinizi... Çocuklar renk renk balonlar uçuruyorlar. Küçük bir kızın üzerinde çiçekli basmadan bir urba. Cebi şeker dolu. İstiyorsunuz, vermiyor. Kiminiz yemek yiyorsunuz, kiminiz çalışıyorsunuz.

Size bu sokaklardan bağırıyorum; Karnım aç. Biz dört kardeş bu küçücük evde otururuz. Ben en küçükleriyim ve en acısı, ayaklarım yok. Anamdan böyle doğmuşum. Sizleri çocuk gözlerimle görüyorum. Ağlıyorum, içim eziliyor. Ben de sizler gibi balon patlatmak, atlıkarıncaya binmek, cigara içmek, gülmek istiyorum...

Bir rüzgâr esmeye başladı. Karşı Torosların kokusunu duyuyorum, çiçek kokuyor. Rengini bilmediğim çiçeklerin iç açıcı kokusu. Saçlarınızın arasında yıllanmış tozlar dağılıyor. Açık havada şarap içiyorsunuz, dolgun göğüslü İtalyan kadınları geliyor usunuza. Gülüyorlar, bacaklarına bakıyorsunuz, başınız dönüyor. Geceler dolu anılarınızı şarapta eritiyorsunuz. İçiyorsunuz, anılarınızı yaşıyorsunuz bir bir. Önünüzden bir kız geçiyor. Upuzun saçlı bir kız. Kızı düşünüyorum... Ben, unutulmuş adam, sizleri düşünüyorum. Göremediğiniz acılarınızı düşünüyorum.

Bir kız... Yani sen. Evden daha yeni çıktın. Beni tanımazsın, bir bankada çalışırsın. Adını pek bilmem ama gözlerini hiç unutmadım. Bana benzeyen insanlardan birini seversin. Ayaksız değil, güzel kız, seni tanrı yapmalıyım.

Seni de düşündüm küçük insan. Herkesten çok seni düşündüm. Böyle bir günde eski elbiseler giymen yok mu, çok üzdü beni. Her şeyi Allah'a bırakmıştın oysa Allah bile seni unutmuştu. Ayakkabılarının dibi delik. Onları yaptıracak paran bile yok... Para bulsan sevineceğim küçük insan.

Saat kulesi 12'yi vurdu. Bir otobüs geçti. Ayakkabılarını çıkarıp koştun. Otobüsün büyük adamlara ait olduğunu bilmiyordun. Onları kendinden sayıyordun. Onlarsa seni bilmiyorlardı. Seni yalnız ben biliyordum. Yalnız ben...

Böyle bir günde, balıkçı kahvesinin bir köşesinde ne düşündüğünü pek bilmiyorum. Olsa olsa yine balıkçı gemileri usunda.

Şu anda, böyle oturacağına denizin maviliklerine karışmış olmalıydın. Bir türkü söylemeliydin. Balıkçıları anlatan, iyimser bir türkü. Şimdi avuçlarına ağlıyorsun. Denizden, kıyılardan çok uzaktasın. Kırmızı bulutlar, kırmızı yağmur getirmeyecek artık. Her şey bitti, tüm kayıkların battı. Şimdi onları düşünüyorsun.

Koca bir dünya yarattım; iyimser. Ağaç yaptım, yaprak yaptım, çiçek çaldım getirdim. Dağlar, ırmaklar, yanardağlar düşündüm. Kar, yağmur yağdırdım. Sonra da sizlere bağırdım. Duyuyor musunuz? Ben, unutulmuş adam sizlere bağırıyorum. Bu dünya sizindir. İnsansız kentin evleri de sizindir. Saçlarınızı çeken bir insan konuşuyor. Dinleyin.

Salkım, Mart 1956, Adana

İÇİMİZDEN BİRİ

Aç kapıyı küçük ülkü aç, üşüdüm...

Yağmurlu bir günde kapınızı çalsam açar mısınız? Ya da bir türkü söylesem? Yanık bir Anadolu türküsü. Bunu, Anadolu çocukları tarladan dönerken söylerler. Tozsu tozsu yollardan, güzel güzel kızlara giden türküler. Topraksız köylülerle birlikte kente geldik. Bozkır çiçeklerini, kerpiç evlerini bırakıp. İnsan içine girecektik. Yağmur yağıyordu, kapınızı çaldık. Yüzünüze bakacaktık. Ellerimiz cebimizde, omzumuzda torbalarımız. Geç vakitlere dek dolaştık. Kapılarınızın açılmasını bekledik. Ağlamak geldi içimizden, yakıştıramadık. Aradan günler geçti...Yüzümüze bakmadınız. Varlığımız kimseyi ilgilendirmiyormuş. Biz de sizden bir parçaydık, sizlerden ayrılığımız yoktu. İnsanların kaynaştığı bir kentte insan bulamamak yok mu? O kodu bize.

Günlerce biriniz için dolaştık durduk. Sonra birbirimizden ayrıldık tek tek. Herkes başının çaresine bakacak. Beni de yalnız bıraktılar. Evlerinizde sıcak soba başında gazetenizi okurken, ben sizi düşünüyordum. Işıklı pencerenize, renkli camlarınıza bakıyordum. Kıracaktım neredeyse. Gazetede yüz kap yemek yiyen bir adamın resmi vardı. Kocaman. Bakıp gülüyordunuz, toktunuz. Açlığı düşünmüyordunuz.

Ellerim cebimde, soğuk geceleri tepeliyorum. Ayak izlerim soğuk kaldırımlarda eriyor. Ellerimi saklıyorum. Ellerinizin sıcaklığını duymamaktan korkuyorum. Köyümü, bozkırlarımı unutmuştum. Sizler bana yeterdiniz. Sizin için bu sokaklarda ölecektim.

Parasız yatılabilecek bir yer biliyorum. Orayı hiç bilmezsiniz, buz gibi. İşte ben orada kalırım. Geceler upuzun, bitmez. Buz gibi bir yerde soluk mum ışığı yüzümü aydınlatır. Cigaramı içerim, düş görürüm. Ormanlardan geçemem. Bir adam öldürürüm, beni asarlar. Tüm insanlar güler. Ekmek alırım, zeytin alırım. Sevgilimi görürüm; "Rica ederim peşimi bırak," derim. Ucuzluk olur. Uyanırım, ateş yakarım. Parmaklarımı oynatır, ısınırım. Cigaram var, kibritim de. Köylü içerim. Köylüyüm. Versem içmezsiniz, bir tuhaf bakarsınız. Tuhaf baksanız da bakmasanız da severim sizleri. Anam beni insanları sevmem için doğurmuş. Sevgim o denli çokmuş ki, önce tüm sevgimi anama vermişim. Kalp sektesinden ölmüş. Buralara sevgimi dağıtmak için geldim. Başka ereğim yok. Biraz önce zeytin ekmek yedim, tokum. Cigaram var, kibritim var, her şeyim var. Şimdi kapıların açılmasını bekliyorum. İlk işim kıyak bir helaya girmek olacaktır. Şöyle erinçliğini duya duya.

Salkım, Nisan 1956,Adana

KÖTÜSÜNÜ DE SEVİYORUM ŞU İNSANLARIN

Hacca gitsem, orada bile
Tanrı'dan çok seni düşünürüm...

Yağmur altında bilmediğim sokaklarda, bir ıslıkla delicesine dolaşmak yahut şapkasını rüzgâra kaptırmış bir adamın hâline gülmek ihtiyacını duyduğum şu anda, sıcak salebimi yavaş yavaş yudumluyorum. Yağmur, bütün hızıyla sokakları delmeye çalışıyor. Dışarıda olmadığıma seviniyorum, hem de üzülüyorum. Soğuk değil, yine de üşüyorum. Ara sıra geçen otobüs ve otomobiller, paltosunun yakasını kaldırmış insanlar, ıslak herifler, yaşama sevinci ile soğuktan korunmaya çalışan kimsesizler... Camdan bunları, karşı vitrinin mavi ışıklarını görebiliyorum. Mavi ışık altında bir eşarp var. Miray bunu başına bağlasa ne kadar yakışır kim bilir! Saçları alnına dökülür; "Ne iyi ettin de aldın," der, gülerim.

Yağmur yavaşlar gibi oldu. Bulutlar uçuştu, masmavi gök ışıdı. Yağmur bütün bunları yere indirmişti. Elleri cebinde, burnu kıpkırmızı bir çocuk vitrindeki pastalara bakıyor. Sarı kirli saçlarından alnına süzülen damlalar dudaklarını parlatıyor. Gözleriyle delmeye çalıştığı cam, kalınlaştıkça kalınlaşıyor.

Yalnız kalmanın verdiği acı düşünceler rahatımı kaçırıyor. Her şeyde bir güzellik bulan ben, kötü, karamsar bir adam oluveriyorum. Gözüme çarpan şeyler hep iğrendirici. Kendimden utanıyorum. Ama çocuğun kirli, çiçekbozuğu yüzünden çok, ışıl ışıl, mavi güney gecelerini andıran gözlerine bakmaktan kendimi alamıyorum. Allah, geceyi bütün ışıklarıyla bu çocuğun gözlerinde unutmuş. Çocuğa el edip çağırdım. Çekingen bir hâli var. Oturmasını söyledim, kirletmekten korktuğu sandalyeye oturdu. Etrafına bakındı, çekingenliğini gömecek göz bulamadı. Sıcak bir salep ısmarladım. Bu çocuğa bir yakınlık duyuyorum. Sarı kirli saçlarını mı yoksa bu kıpkırmızı burnunu mu sevdim? Yalnızlığımı bu çocukla paylaşmak istiyorum. Acaba paylaşır mı? Gittikçe kanım kaynıyor çocuğa. Kim bilir, belki biz ilk dünyaya gelişimizde kardeştik? Belki abimdi? Şimdi küçük olduğuna ne bakıyorsunuz. Olur ya, belki yüzündeki kirler de o zamandan kalmadır. Bir daha etrafına bakındı. Gözlerime çakılan korkak bakışlarında bir iyilik borcu saklı; "Bunu er geç ödeyeceğim," diyor sanki. Ayaklarıma sürünen kediyi alıp seviyorum. E. Allen Poe'nun siyah kedisini düşünüyorum. Belki bu kedi o'dur. Niye olmasın? Çocuğa baktım, sıcacık salep ağzını yaktı, yutkundu, gözleri yaşardı. Kedinin ayakları çamur, gözleri de başka başka. Biri sarı, biri mor... Unutmak için savaştığım ama bir türlü unutamadığım insanların gözleri...Hepsinin gözü burada, hepsi beni arıyor. Hepsinde ben varım. Onlardan ne kadar uzaklaşmaya çalışsam, yine de yanlarından ayrılamıyordum. Kalbim onlarla. Beni onlardan birinin gözünde, birinin ıslak saçları arasında üşürken bulabilirsiniz. Kim bilir belki, küçük esmer bir kalbin sol kulakçığı benim olur. Onun sıcaklığını duyuyorum. Yanımdaki çocuğu unuttum. Pastasını yiyordu, her ısırışta bitmemesine dua ederek. Yediği pastasının bitmemesi beni de onun kadar sevindirecek. Çocuk konuşmuyordu, ağzı dolu. Konuşmasını da istemiyorum ya...Neden böyle bir hissin etkisi altındayım? Salt sussun, gözlerine baksın, gülsün. Konuşurken belki sesini, belki şivesini beğenmem. Onun gördüğüm gibi kalması en iyisi.

Girdiğimde sessiz olan bu yer, şimdi insan kokusu ile dolu. Onların çılgın çocuksu neşesi, sevinci sevincim oluyor. İyisini de kötüsünü de seviyorum şu insanların. Bu mutluluk içinde gülüyorum. Böyle deli gibi gülmeme çocuk da gülüyor. Dişleri bembeyaz, sevincimiz yerinde. Yine gülüyoruz, gülüşümüze pastane gülüyor. Resimdeki asık suratlı adamlar gülüyor, dünya gülüyor.

Salkım, Haziran 1956, Adana

ÜÇ KÖŞELİ DÖRTGEN

Gecenin karanlık kesitinde, yükseltilerin izdüşümü şarap şişesinin ağzında birleşiyordu. "Ne o sadık?" Geceydi. Geceler sarhoştu, öksüzdü. "Hiç, gelsene!" Tutkuların derinliği bilinmez. Ölçülerin en büyüğü, mutluluğun çoğulu. "LAR"lı, "LER"li şekli. O da bizde yok. "Sen misin Hanifi?" Bakışları çengelleşmiş. "Üzülme düzelir Sadık."

Bulutların çoğalması Sezai'nin gözlerini büyüttü. Yağmurlardan korkardı. Yağmurlar büyüktü. Yürekleri belirsiz, iri. Pabuçlarının dibi delik olanlar korkardı yağmurlardan. Yağmurlar kadındı, yağmurlar soğuk. "N'olur yağmur başladığında bırak gidim." Soğuk, ıslak bir sessizlik...Tıpır tıpır...Önce toprak kokusu. YAĞMUR... "Hadi bırak da gidim." İncecik boynu omuzları arasına gömülüyor. "Kış gelse de pardösülerimizi giysek." Pardösüsü olanlar kışı özlerdi. Ekmeği olanlar akşamı, uykusu olanlar geceyi beklerdi.

Kabuklarını kırdı. Ağaçlar daha ıslak. "Kırk gündür yatıyor." Şarabın kırmızısı bir ışıkla kaynaşıyor. Bir renk karışımı büyüyor. "Bir suçu olsa bari." Suçlular, suçsuzlar değin korkmazlardı. Doğruların hepsi eğriydi. Üzerlerinde koca koca eksilerin kalın çizgileri. "Erkekçe söyle kaç kuruşun var?" Tablalarda fındık yığılı. Ayrancı beş kuruşa ayran satar. Olsmobil 88– "Yüz seksen beş." Renkli afişlerde savaşçılar; bayrakları. Birincide çıplak bir kadın.

Mızıka çalması, şarkı söylemesi yasaktır. Yemek buz gibidir geldiğinde. Küçük bir çocuk için yemek kızdırılmaz. Çay var ya, ÇAY ÇAY... Abdullah abisinin kalın bıyıkları var. Armağan abisi derse çalışır. Bir kız düşünür. Baştan okur, yine unutur. Kızı düşünür. Sezai şarkı söylerse, sesinden, Abdullah abisinin bıyıkları titreşim yapar. Titreşim katsayısı büyür. Armağan abisi kızın bacaklarından başlar düşünmeye. "Uyusana Sezai." Yatak buz gibidir. Hadi uyu Sezai. Dışarıda yağmur vardır. Soğuk vardır. Çıplak gezen insanlar vardır. Hadi uyu Sezai. Yatak buz gibi, aldırma. Bir iki yellenirsen yatak kızar. Hadi gayret Sezai...Dışarıda darıcı geceleri satar. "Darı çıttır çıttır..."

"Sen yeni açılan meyhaneyi bilmen." Çırılçıplak düşünceler kadınların göğsünde ısınıyor. İnsanların en büyüğü, en tatlısı, en güzeli diğerlerinden ayrıntısız. "İki kadeh çekeriz." Sevilerin sonsuzluğu, nasırlı avuçların ayalarında. Gelecek günlerin ışığı, parmak uçlarının birleştiği çukurlarda. Kılcal damarlara bir uyuşukluk dağılıyor. Yaşamak hakkı kaldırılıyor üzerimizden. "Bir şişe şarap alsak daha iyi. Bu para yeter." Çocuklarımız yumurtadan çıkarılacakmış. Atom yüzyılındayız. Renkli paskalya yumurtalarından sarı saçlı oğlanlar. Beyazlarından da bizimkiler fırlayacakmış. Vah vah...

Karmaşık sağlı sollu bir yağmur. "Halil Abi kol değin yedi." Vişneli, kızılcıklı dondurması satılmaz artık. Kimse de gelip limonata içmez bu yağmurlarda. "Kış gelse de pardösülerimizi giysek." Kışın geceler uzun olur. Okullu kızlar sokakları doldurur gündüzleri. Laf yerler, sıkıştırılırlar. Onlar da hoşlanır bundan. Siyah önlüklü bir sürü kuyruk. Sokaklarda parça parça bulutların getirdiği yağmurlar. Sezai'nin yağmurları bu...

"Haklısın Sadık." Şimdi her köşe başında bir adam fındık satar. Kışın sıcak kestane kokusu dumanla karışık. Birer mangal, birer sakallı kestaneci. "İstersen böyle gidelim." "Sana Dede Efendi'den bir şey söylesem." "Sarhoş değilim." Parlak çakıl taşları gölgelerin köşegenlerinde hep..."Sonra gelmiş aseton eksik," demiş. Teller büyük evleri korurmuş, köpekler büyük adamları. "Üzülme Sadık düzelir."

Salkım, Ekim 1956

KUŞLAR DÖNDÜ

Sokağın çamurları kurudu. Büyük büyük kesekler parçalandı, toprak oldu. Çıplak ayak izleri birbirini tepeledi. Ağaçlara su yürüdü. Kahverengi dalların ucundan ince bir yeşil çıktı, ikileşti, üçleşti, büyüdü, yapraklandı. Yapraklarda damarlar belirdi, kalınlaştı. Uç uca tomurcuklar sıralandı. Tomurcuklar çatladı, çiçeklendi. Renk renk bir ışık dünyayı kapladı, örttü.

Mavi boyalı, yeşil boyalı, boyasız tahta kapılar, pencereler açıldı. Yağmurdan solmuş, çürümüş tahtalardan, gün ışığı altında buharlar çıktı, bulutlaştı. Bitlenmiş yataklar, yorganlar güneşe serildi, çırpıldı. Sidikli minderler üzerindeki büyük lekeler her çatıda görüldü. Evler kireçlendi. Hâli vakti yerinde olanlar duvarlarını sıvadılar. Evlerinin önüne toprak yığdılar.

İşçi kahvelerinde masalar, sandalyeler güneşe taşındı. Aylardır boya yüzü görmeyen pabuçlar boyandı. Pıtır pıtır toprağa düşen damlalar, koca bir kış özlemi çekilen toprak kokusunu çıkardı. İşsiz insanlar sırtlarını güneşe verip, tembel tembel çubuklarını tüttürdüler. Tütün içtiler, kâğıt oynadılar. Asma yaprakları günden güne büyüdü. Salkım salkım çiçekler dökülmeye başladı.

Ağaçlar dallandı budaklandı, yapraklandı. Ufak ufak yeşil kurtlar çıktı. Sinekler, böcekler çıktı. Kızlar saçlarının örgülerini çözdüler. Başlarındaki örtüleri attılar. Nalınlarını yenilediler. Eski basma fistanlarını boyadılar başka başka renklere. Beş kuruşluk, on kuruşluk sakız aldılar bakkaldan; "Parası ay başı." dediler. Genç fabrika işçileri saçlarını yağladı. Kimi limon, kimi zeytinyağı döktü başına. Kollarını sıvayıp, göğüslerini açtılar.

Yağmurlar dinip, pencereler açılınca, gözler güneyden gelecekleri beklemeye başladı. Ara sıra hava karardı. Dallara, yapraklara birkaç damla yağmur düştü. Perdeler, kapılar kapandı yeniden. Sonra büyük, parlak bir güneş çıktı. Gökyüzü denizleşti birdenbire. Perdeler söküldü, kapılar açıldı. Pencerelere yapıştırılmış gazete kâğıtları yırtıldı. Zengin evlerinde soba boruları söküldü.

Tahir, ipini omzuna alıp yeni bir güne çıktı. "Akşama gelirim," dedi karısına. Kadın gençti, güzeldi, hastaydı. Bir nenlerin özlemini duyuyordu. Yataklarını sermemişti güneşe, çırpmamıştı daha. Güneşin büyüklüğünü, parlaklığını görmemişti. "Kuşlar," dedi arkasından, "Kuşları unutma." Tahir kapıyı çekti. İnsanları seven gözleri yumuldu kadının; "Kuşlar dönecek," diye mırıldandı. Evin tavanı isliydi, kurumuş kamış yaprakları sarkıktı. Pis, küflenmiş bir havası vardı. Adamın burnunu yakıyordu. Çatıyı tutan dört dilme üzerinde fareler oynaşıyordu.

Tahir, kentin büyük, kalabalık meydanlarına çıktı. Akşama dek, "Hamal boş," diye bağırdı. Bir çuval buğday taşıdı buğday pazarında. Bir kamyona büyük büyük, uzun uzun demirler yükledi.

Bir meyhanenin önünden geçti. İçeride işçilerin sesi vardı. Kirli çıplak ayaklarını duvara sildi, başını dikleştirdi, parmaklarının ucunda yükseldi. Bir adamın kadehini gördü. Bir burun, bir kulak, bir ense, sövmek için açılmış bir ağız gördü. Kapıyı aralayıp girdi, bir dünya gördü. Yuvarlak, sakallı yüzlü bir dünya. Sevindi. Buradaki insanların hepsi kendine benziyordu. İstediği davranışları yapabilirdi. Hep böyle olsun istedi. Yarısına su katılmış sinekli şaraptan iki bardak içti. Midesi allak bullak oldu, yandı. Meyhanenin kırık camlarında kirli saçlarını, bulanık gözlerini gördü. Dışarıya çıktı, mavi camdaki yazıları okudu. "Bizim elli kuruş da güme gitti," diye türküye benzetti sözlerini. Ayaklarını sürüte sürüte yürüdü. Bakkaldan ekmek filan aldı. İpin bir ucu yerde sürünüyordu.

İşçilerin toplandığı büyük meydanda halk, ellerini güneye uzatmışlar, sevinçle bir karartıyı gösteriyorlardı. Tahir de, yorgun ellerin uzandığı yöne başını çevirdi. "Kuşlar!" diye bağırdı. Yanındakine dirseğini kuvvetle vurdu; "Kuşlar değil mi o karaltı?" Adam, kolunu ova ova mırıldandı; "Kör müsün?" dedi, "Kuşlar." Tahir'in eli ayağı titredi; "Kuşlar," diye bağırdı.

"Vallahi de kuşlar billahi de kuşlar." Elindekileri fırlattı, güneyde toplu uçan kuşların karaltısını seyretti. Palanını, ipini de attı. "Yaşasın kuşlar geldi, kuşlar döndü!"

Halk, Tahir'in yanlarını çevirdi. Tahir ellerini birbirine vura vura oynuyordu. "Kuşlar döndü Böbü!" diye bağırdı. "Böbü, kuşlar döndü." İşçilerin bir kısmı, fırlatılan ekmeği, zeytini, peyniri kapıştı. Diğer bir kısmı, kuşları bırakıp, Tahir'in oynaya zıplaya gidişini seyretti.

Bağıra bağıra koşuyordu. "Böbü," diyordu, "kuşlar döndü." Sandık kapaklarıyla yapılmış evin kapısına yüklendi. İçeriye büyük bir ışık girdi. Kadının gözleri kamaştı. Tahir, "Böbü," diye bağırdı. "Kuşlar döndü, gördün mü?" Kadın donuk donuk baktı. Üzerinden simsiyah olmuş yorganı attı. Bir an sessizlik oldu; "Kuşlar döndü ha!" dedi. Elini, etleri sarkmış yüzünde dolaştırdı, yavaş yavaş doğruldu. Tahir, yatağın yanına diz çöktü, yardım etti kadına. "Kalk," dedi, "Bak, kuşların hepsi döndü." Kadın Tahir'e tutuna tutuna kapıya değin yürüdü. Başını kapıya dayadı. Gözleri yarım yarım açıldı, derin derin soluk aldı. Ağaçların çiçeklendiğini, çamurların kuruduğunu, komşu kızın şarkı söylediğini gördü. Tahir kadına daha bir sokuldu; "Böbü," dedi, "Bak kuşlar ne güzel, bak şunun kanadına." Gergin elektrik tellerine kuşlar sıralanmıştı. Başlarını kanatlarının altına koyuyorlar, sarı gagalarıyla didikliyorlardı. Kanatlarını çırpıp, uzun uzun öttüler. Kadın, başını Tahir'in açık, terli göğsüne yasladı. "Kuşlar döndü Tahir," dedi, "Daha ölmem." Tahir kuşların cıvıltısını dinledi, "Kuşlar döndü Böbü," dedi, "Korkma artık. Ben sana dememiş miydim kuşlar dönecek diye..."

Salkım, Adana

LASTİK

Ayak bileklerine değin çamur yapışmış, biraz yukarısında çamurlar pul pul kurumuş. Elleri de çamur içinde. Tüm gücüyle eski kamyon lastiğine yüklendi, çamura yapışmış lastik yerinden oynamadı bile. Umutsuzca ellerini çekti, burnundakileri çekerek tükürdü, lastiğin üzerine oturdu.

Bir çöp alıp ayağındaki çamurları silmeye başladı. Başını kaldırıp sokağın sonuna baktı, elindeki çöpü fırlattı, gözleri parladı; "Çolak," diye bağırdı.

Sokağın sonunda bir oğlan durdu, kendisine el eden çocuğa bağırdı. Neyin üzerinde olduğunu merak etti. Dikkatli dikkatli inceledi. Çocuktan yana yürümeye başladı, isteksiz isteksiz; "Ne var?" dedi.

Çocuk elini salladı aşağı yukarı. Çolak, çamura basa basa ilerledi. Dışarı çıkmış gömleğinin uçlarını büke büke, "Eşşolu eşşek!" dedi. "Kim bilir yine ne işi var?"

Öteki, çamurlu ayağını lastiğin üzerine koymuş bekliyor. "Bak, lastik" dedi, "bizim sokağa götürür oynarız." Çolak ayağıyla lastiğe vurdu, elini cebine soktu; "Lastikle oynayıp da ne yapacaktın sanki?" dedi. Öteki çıplak karnına vurdu, "Ulan," dedi, "Sen delisin be! Sokakta oturacak kuru bir yer var mı? Hiç olmazsa üstüne otururuz. Soran olursa da, bizim sokağın lastiği var deriz. Hem, mahalle maçlarında kızları lastiğin üzerine oturturuz." Sonra, lifleri çıkmış lastiğe baktı, "Kocaman lastik," dedi, "bak, kocaman." Ayağıyla bir iki vurdu.

Çolak, lastiğe uzun uzun baktı, "satsak daha iyi olur," dedi. Öteki güldü, "Bak burada kocaman bir delik var." Eğilip eliyle deliği gösterdi, "İşte" dedi, "kim alır ki bu delik lastiği?"

İkindi sonu serinliği çıkmıştı. Çolak üşür gibi oldu. Birikmiş yağmur sularında batmış kâğıt kayıklar kıyıya vurmuş. Küçük küçük dalgalar suyu oynatıyor. Çolak, gömleğinin uçlarını pantolonunun içine soktu; "Ulan ne iş be!" dedi, "kıçımın yırtığı çıkıyor böyle de." Dudaklarını bükerek arkadaşına baktı, eliyle gerisini yokladı. Karnını çıkardı; "Yeni bir pantolon giyebilecek miyim dersin?" dedi acımsı bir sesle. Öteki lastiğin etrafında döndü; "Hangimizin sağlam pantolonu var ki?" dedi. "Oktay'ın," dedi Çolak. "Hem birkaç tane , hepsi de yeni."

Öbür çocuk, ellerini altına koydu, "Onlara ne bakıyon?" dedi, "onlar zengin çocuğu oğlum." Çolak'ın gözlerinde buğulanma oldu; "hem," dedi, gerisini getiremedi. Gömleğini geri çıkardı, arkasını döndü, "Yırtıklar görünüyor mu?" diye sordu, "Yok yok," dedi öteki. "Hadi," dedi Çolak, yüklenip lastiği kaldırdılar. Her ikisinin de üstleri başları çamur oldu.

Lastiği yuvarlayarak götürdüler. Çolak, "Ali be," dedi, "sen hiç taze börek yedin mi?" "Tabii yedim. Hem koca kocaydı ama bundan iki yıl önceydi. Babam çalışıyordu o zaman. İşlerimiz de tıkırındaydı."

"Ben daha yemedim," dedi Çolak. Mavino'un pastanesinde bir sürü var. Kızarmış yağlı yağlı, bir görsen."

"Babalarımız işe girince yeriz be. Hem yemesek de olur. Nasılsa yemiye yemiye unuttuk," dedi Ali.

Lastiği çevire çevire kendi sokaklarına girdiler. Sokakta birkaç çocuk vardı. Ayakları yalın, yüzleri gözleri kir içinde. Biri küçük bir çocuğun elinden tutmuş, çocuğun elinde yeşili çıkmış bir elmalı şeker vardı. Su birikintilerinde sarılı beyazlı kâğıtlar.

Biri, "Ne o Ali?" diye sordu. "Görmüyor musun?" dedi Ali, "kocaman lastik." Çocuklar lastiğin etrafına toplandılar. Ali ile Çolak bundan büyük bir gurur duydular ama sevinçlerini belli etmek istemediler.

Saçları dökülmüş bir adam çocuklara yaklaştı, lastiği iyice gözden geçirdi, "satar mısınız?" dedi. Lastiği işaret etti, "nereden aldınız?" Çolak adama ters baktı, "Sana ne nereden aldıysak!" diye çıkıştı. Adam güldü, "Satarsanız alırım çocuklar," dedi. Çocuklar birbirlerine bakıştılar, "Satarız," dediler. "Bir iki buçuk veririm," dedi adam, çocuklar iki buçuk lirayı düşündüler. Adam, "Benim garaja kadar götürürseniz bir elli kuruş daha veririm," dedi. Ali ve Çolak sokağın öbür çocuklarına baktılar, "İki buçuk ha..." dedi. Çolak, parmaklarıyla bir şeyler saydı, kafasını yana eğdi, "Eh!" dedi, "hiç olmazsa bir beş kâğıt vermelisin." Sonra, eliyle ayaklarını, üstünün başının çamurunu gösterdi, "bak ne hâle geldik," dedi.

Adam bir şeyler düşündü, bir şeyler hesap etti, "Çocuklar," dedi, "size üç kâğıt versem de olur." Çolak, sokağın öbür çocuklarını çağırdı, "hadi bunu beyin garajına götürün," diye emretti, adama döndü, "Çocuklara da yetmiş beş kuruş verin de, adam başına yirmi beşlik düşsün," dedi.

Adam elini cebine soktu, "Peki, öyle olsun," dedi. Çolak'a bir iki buçuk bir de elli kuruş verdi. Çolak elini üstüne iyice silerek parayı aldı, büyük bir adam gibi paraya baktı, Ali'ye gösterdi; "İki buçukluk gıcır gıcır ha," dedi, "bak, yepyeni." Ali, paraya donuk donuk baktı, hafifçe dokundu, "Birer buçuk ha," dedi, "Heye," dedi Çolak, "birer buçuk."

Çocuklar lastiği ite ite sokaktan çıkardılar. Ali arkasından baktı, çocuklar köşeyi dönüp kayboldular.

Çolak paraya bir kez daha baktı, evirdi çevirdi, "Annem çok sevinecek," dedi, "babama da tütün alırım. Sen ne alacan?"

"Ben mi?" dedi Ali, "ben ekmek alacam. Sonra biraz peynir, birkaç baş da soğan aldım mı, bak sen o zaman dalgaya. Eve gidip, kapıyı açın be diyeceğim. Babamla, annem elimde ekmek görünce kim bilir ne kadar sevinecekler. Para artarsa, ben de babama tütün alırım." Kafasını bir tuhaf salladı, "Hadi gidelim," dedi. Yüzlerinde bir sevinç dalgası büyüdü, gözleri ışıdı, koştular.

Güneş, mavi boyalı bir evin üzerinden batıyordu. Ali, koltuğunda iki ekmek, beyaz bir kağıda sarılmış peynir, birkaç baş da yeşil soğanla, kaldırımın kenarında durdu. Eve gittiğinde babasının, annesinin nasıl sevineceklerini düşündü. Yoldan gelip geçenlerin, kendisine, ekmeğine bakıp bakmadıklarına dikkat etti. Hiç kimse ne kendisine ne de ekmeğine bakıyordu.

Oysa Ali, geçenlerin kendisine, ekmeğine bakıp; "Bu çocuk ekmek almış," demelerini istiyordu.

Çolak küskün küskün geldi, yenilmiş bir sesle, "Börek kırk kuruş olmuş," dedi, "bende yirmi beş kuruş var." Derin bir göğüs geçirdi, yüzü acı çizgilerle karalandı.

"Tütün de otuz kuruş olmuş," dedi Ali. Avucunu açıp yirmi beş kuruşu gösterdi, "ben de bu var" dedi. Çolak'a, bir şey isteyecekmiş gibi baktı. Çolak, "İstersen sana yirmi beş kuruş veririm" dedi. Ali'nin gözleri yaşardı, "Valla çok iyi olur," dedi. "Çoktandır cigara poçiği topluyorum babama. Tütün götürürsem çok sevinecek. Babamın çoktandır güldüğünü görmedim," dedi ve çolağın boynuna sarıldı sonra. Koltuğunun altındakiler çamurlu sulara döküldüler. Elleri Çolak'ın omuzlarından düştü, gözündeki yaşlar daha bir irileşti. Yere öyle bir baktı ki...Çamurlara belenmiş ekmeğin üzerine birkaç damla gözyaşı döküldü. Peynirin kağıdı açılmış, etrafa yayılmıştı. Çamurların içine diz çöktü, peynirin temiz kalanlarını topladı. Onu da kendisi çamurlara atıp, koşarak uzaklaştı.

1957

İYİ GÜNLER PAZARI

Her şeyi bıraksam, gitsem. Artık hiç kimseyi sevmiyorum. Masanın üzerinde akşamdan kalma oyun kâğıtları, kırmızı, yeşil fişler. Terliklerim ters dönmüş, battaniyenin bir ucu yerde, tırnaklarının ucu kırık, kirli. Avuçları, bulaşık yıkamaktan, cam silmekten sertleşmiş. Sarı kıllı ayakları... –beni bağlayan bu mu?– Yatağım kirli, pis pis kokuyor. Sakalım uzun, kesmeye üşeniyorum. Üzerime temiz bir gömlek giymek içimden gelmiyor. Hava da öyle güzel; pantolonum, ceketim, gömleğim üst üste. Bu karışıklık içinde kılımı bile oynatamıyorum. Ölü gibi yatağa yapışmış kalmışım. Kafamda hep aynı şeyler tekrarlanıyor. Belki yüz, belki bin defa aynı şeyleri yaşıyorum. Sevmediğim, hatırladıkça sinirlerimi bozan ne varsa hepsi bir bir gözümün önüne geliyor. Dışarıda bir parlaklık var, gözlerim kamaşıyor. Yataktan çıkmak istemiyorum. Kalksam ve eve bir mektup yazsam. Hiç param kalmadı, bana para gönderin desem. Yatak darmadağınık, pis pis, sigara tablası dolu. Her sabah böyle rezilce uyanmam, bu pis ev, ben. Hiçbir şeyi sevmiyorum, beklediğim hiçbir şey yok. Fakat yarının bugünden iyi olacağına inanmıştım. Kafamın içine ray döşüyorlar. Ağır balyozlarla rayların üzerine sıkı sıkı vuruyorlar. Uzun uzun balyoz gürültüsü kafamın içinde çınlıyor. İstanbul'da ne kadar kilise varsa hepsinin çanları çalıyor. Dünyanın en büyük şehrinin uyanışı: KEDİLER. Camları birbirine sürtüp sinirleri bozan gıcık gıcık ses çıkartıyorlar. Radyo parazit yapıyor. Daha sonra gece, çöpçüler sokakları süpürüyorlar. Hafif serin bir rüzgâr esiyor. Sokaklar boş, kimsecikler yok. Dünya bomboş, yalnız ben varım.

"Gideceğini söylediler," dedi, "doğru mu?" Konuştuğuna kızmıştım. "Doğru," dedim. Masanın üzerindeki kâğıtları topladı, birbirine karıştırdı. Fişleri üst üste dizdi, sonra devirdi. Fişlerin birbirine çarpmasından pis bir ses çıktı. İki kâğıt çekti önüme attı. Kupa kızı ile sinek yedilisi. Bir kâğıt daha açtı, maça onlusu. "Daha yatacak mısın?" dedi. Yorganı başıma çektim. Kafamda, yine çocuk çıngırakları. Her gittiğim yerden kaçmayı düşünsem. Yorganı çekti üzerimden, hadi kalk giyin," dedi, dudak büktü. "Düğmeni de dikmemişsin," dedim, "Uffff..." diye ayağını yere vurdu, "hadi kalk da giyin," dedi. Yüzüne baktım, hafifçe boyamıştı dudaklarını. Küçükken, babamın beni şehrin dışına gezmeye götürdüğünü hatırladım. Orada portakal ağaçları vardı. Babam, dağlara bakmış iç geçirmişti. "Ölürsem şu dağlarda öleyim," demişti. Ben, babam hemen ölecekmiş gibi üzülmüştüm. Akşam eve döndüğümüzde, anneme babamın söylediklerini anlatmıştım. "Bakma sen ona," demişti, "o hep öyle sayıklar durur." Sonra babamın sarhoş olduğu günleri hatırladım. Her sarhoş oluşunda, "Ben gideceğim," diye tuttururdu, ben de babama kızardım. Kardeşimin ayağına bıçak batırmıştım birinde. Annem, "Bekleyeyim mi seni?" dedi. Pencerenin önündeki ağaçlara baktım, yaprakları dökülmüş kupkuru kalmıştı. Karşı evin balkonunda bir kadın çamaşır seriyordu, eğildikçe bacaklarına bakıyordum. "Çamaşırlarını yıkıyorlar mı?" diye sordu, "Yıkamıyorlar artık," dedim. Başka şeyler düşündüğü belliydi. "Ne düşünüyorsun?" dedim, gözleri dolu dolu oldu, "Sahiden gidiyor musun?" dedi. "İstanbul'u sevmedim," dedim. Geldiğim ilk gün anlamıştım, bu şehri sevmeyeceğim demiştim. Burada uzun zaman yaşanmaz demiştim. Gülmüşlerdi, küçümsemişlerdi bile. Hep bakıp bakıp üzülmek, akşamları eve döndükten sonra herkeslere sövmek istemiyorum artık. Belki bir gün ben de düzenli yaşama kavuşurum. Benim de başımı sokabileceğim kapım, bir pencerem olur.

"Saat kaç, biliyor musun?" dedim, "Üç buçuk, sen yat bakalım." Soba yanmıyordu, uzun zaman yatmaktan başım ağrıyordu. "Ne olursun kalk," dedi, masanın üzerini temizledi, kapıyı açtı, içeri temiz hava girdi. Pencerenin camları pusluydu. Yorganı fırlatıp attım. Kalktım, elimi yüzümü yıkadım. Radyoyu açtı, insana garipliğini hatırlatan şarkılar çalıyordu.

Arkası bana dönüktü, "Giyindin mi?" dedi, "Saçlarını kestirdiğine iyi etmedin," dedim. Ellerini saçlarına attı, nesi var sanki der gibi baktı. "Nereye gideceğiz?" dedim, "Hava güzel, maçka'ya kadar gider bir yerlere otururuz" dedi. Başım ağırıyordu, elimden tuttu çekti, merdivenleri koşarak indik. "Gidersen bir daha dönmez misin?" dedi, "Yok, dönmem," dedim. Elimi biraz daha sıktı, "O adamlar var ya," dedi, "Kim?" dedim. Yüzüme tuhaf tuhaf baktı, "Gidersen çok üzülürüm," dedi. "Bir başkasını bulursun," dedim, alındı, ayaklarını yere sürte sürte yürümeye başladı.

Bir banka oturdu, "Bir şey söyleyeyim mi?" dedi, "Söyleme," dedim. Dudaklarını buruşturdu, başını denizden yana çevirdi. Deniz parlaktı, saçlarının boyası eski güzelliğini yitirmişti. Yüzüne, boynuna, mantosunun yakasına baktım. Mantosu eskimiş, rengi solmuştu. Yer yer iplikleri sökülmüş, ezilmişti. Ayaklarına baktım, pabuçlarının boyası yoktu. Bir sigara çıkarttım yaktım. Hiçbir şey düşünmüyordum. Kafamdaki bütün boşlukları, boyasız pabuçları ile düğmesinin koptuğu yerden sarkan üç tel siyah iplik kaplamıştı. Bir kedi ağaca tırmanıyordu, "Beni hiç sevmiyorsun," dedi. Tırnaklarının kırık, kirli olduğunu düşündüm. Mantosunun da bir düğmesi yoktu. "Sahiden gidecek misin?" dedi, başımı salladım yine. "Seni seviyorum," dedi, "Biliyorum," dedim, "seviyorsun." Annem de babamı çok seviyordu fakat bir gün babam kapıdan bir kadınla girdi. Sonra annem, elimizden tutup bizi başka bir yere götürdü. Kardeşim o zaman çok küçüktü, babamı da çok seviyordu. "Ne zaman gideceksin?" dedi. Sesi boğuktu, gözlerinin içi kızarmıştı. "Peki ben sana ne yapayım?" dedi, güldüm. "Ben senden kaçmıyorum yavrum," dedim. Adana'dan ayrılırken Şükrü Bey beni çağırmıştı, "İstanbul buraya benzemez oğlum," demişti. "İstanbul'da insanın hiç kıymeti yoktur. İşine dört elle sarıl, ufacık bir falso görürlerse kovarlar." Gittiğimde, "Ne o?" diyecek, "döndün mü?" Sonra gözlüklerini düzelterek, "Ben sana dememiş miydim?" diyecek. Ellerimi tuttu, "Dün akşam Maro'yu gördüm," dedi. "Bana dedi ki, o oğlandan sana hayır gelmez, sen başının çaresine bak," dedi.

Parmaklarını birbirine yapıştırdı, sonra tek tek açtı, "Dönersin değil mi?" dedi. Kendimi hep trende sanıyordum, gidiyormuşum da arkamdan el ediyorlarmış gibi geliyor. Raylar uzuyor, "Ben geldim," diyorum anneme, boynuma sarılıyor, "Bir daha gitmeyeceğim anne," diyorum, "artık hep beraber olacağız." Annem ağlıyor, göz çukurunda yaşlar birikiyor. Burnunu, gözündeki yaşları siliyor, "Peki mektep?" diyor, "Mektep ne oldu?", bütün tanıdıklar 'mektep' diye soruyorlar. "Anlaşıldı," diyor annem, "sen mektebi bırakıp geldin." Babam biraz daha ihtiyarlamış. Küçük Göktür'ün elinde kenarları söküle, paslı bir mızıka. Aptal aptal bana bakıyor, "Benim Göktür," diyorum, "Ben senin dayınım" Aynı aptallıkla bakıyor. "Dayınım," diye tekrarlıyorum. Dışarıda mahallenin çocukları birikmişler, "Göktür'ün dayısı gelmiş," diyorlar. Annem, hep beraber olacağımıza seviniyor. Merdivenin altındaki kömür çuvalları boşalmış, tulumbanın sapı kırılmış. Annem kuru, damarlı ellerini havaya kaldırıyor, "Şükürler Allah'ım," diyor, "sana şükürler olsun, bugüne de şükür." Babam, "Niye geldin oğlum?" diyor, "hani mektebe gitmiştin, hani gelmeyecektin?" Tabakasını çıkarıp tütün sarıyor, "Sen de haklısın oğlum," diyor, "hem çalış, hem oku. Haklısın, sana hiç para gönderemedik." Annem gözlerimin içine bakıyor, "Vah yavrum," diyor, "gömleğin kapkara olmuş, zayıflamışsın da!" Üniversitenin bahçesinde çektirdiğim bir fotoğrafı gösteriyorlar, "Bak," diyor babam, "biz seni hep böyle düşündük." Fotoğrafta bütün dişlerim görünüyordu, "N'olursun birazcık konuş." Çok kızdığı belliydi, elimden tuttu kaldırdı. Gömleğimin yakası açıktı, ilikledi, pardösümü düzeltti. "İyi ki pardösünü aldım," dedi, "Hava serinledi." Koluma girdi, konuşmamı bekliyordu, yalnız baktım.

"Bana yazarsın değil mi?" dedi, "hiç olmazsa ayda, iki ayda bir yazarsın değil mi?" Gittikten sonra bunları hatırlayıp, üzüleceğimi iyi biliyorum. Nişantaşı'na kadar konuşmadan yürüdük, "Ne zaman gidiyorsun?" dedi. Akşam olmuştu, "Yarın" dedim, yutkundu, "Hemen yarın mı?" dedi. Pardösümün yakasını düzeltti, düğmelerimle oynamaya başladı. Başını kaldırdı, gözlerinin içinde kendimi gördüm. "Ağlıyor musun?" dedim, "Ağlamıyorum," dedi. Boynu büküktü, bir an konuşmadan geldiğimiz yola baktı, "Akşam," dedi, başımı salladım. Birden boynuma sarıldı, sonra koşarak uzaklaştı. İçime mıh gibi bir acı oturdu. Babamın evi bıraktığı gün annem çok ağlamıştı, duvarda asılı gömleğine ne acı bakmıştı. Bir zaman sonra babam dönmüştü. Elinde küçük valizi ile geldiğini görmüş, anneme haber vermiştim. Ne sevinmişti. Ben, bir babama, bir anneme bakıyordum. Annem, "Aç mısın?" diye sormuştu, babam beni kucağına alıp okşamıştı.

Eşyalarımı topladım, bir kısmı bavula yerleştirdim. Ders kitaplarına baktım, üzerlerinde numaram, adım yazılıydı. Bir sigara yaktım, kitaplarımı bir kağıda sardım, bir iple bağladım. Ev sahibi kadın geldi, "Ne o?" dedi, sigaradan ince bir duman çıkıyordu, "Yarın memlekete gidiyorum," dedim, "Fakülteyi bırakıyor musun?" dedi, seslenmedim. Duvardaki resimlere baktı, "Bunları size bırakıyorum," dedim. Ortalık birbirine girmişti. Bir sigara uzattım, yaktı. "Ne diye gidiyorsun?" dedi, cevap veremedim. "Beni yarın erken uyandırır mısınız?" dedim. "Olur, uyandırırım," dedi, gideceğime üzülmüştü. Duvarda ders programım asılıydı, kitaplarıma baktım. Bavulun kapağı kapanmamıştı, kadın kirli çamaşırlarıma bakıyordu. "Dışarıdaki pabuçlarını aldın mı?" dedi, gitti getirdi. Tozlanmıştı, sildim. "Senden önce burada kalan çocuklar fakülteyi bitirip gitmişti," dedi, "Onlar da öğleden sonra işe gidiyorlar mıydı?" dedim. "Yok," dedi, "her ay paraları gelirdi." Sigaradan parmakları sararmıştı, "Annen seni görünce sevinecek," dedi. "Eve yazdın mı?" dedi, "Yazmadım," dedim. "Sürpriz mi yapacaksın? Böylesi daha iyi." Sigarasını söndürdü, "Ben seni yarın uyandırırım," dedi, gitti. Söndürdüğü sigaradan hafif bir duman çıkıyordu. Yavaş yavaş duman çoğaldı, ucunda kırmızılık göründü, yeniden yanmıştı. Parmağımı üzerine basıp söndürdüm. Yatak, bıraktığım gibi karmakarışıktı. Dışarı baktım, evlerde gece lambaları yanıyordu. Bavulu kilitledim, lambayı söndürdüm. Pencerede soluk bir aydınlık.

"Kalk," dedi, "sonra treni kaçıracaksın." Gözlerimi açtım, yüzü buruşuktu. "Treni kaçıracaksın," diye tekrarladı. Gün ışığı masanın kenarlarını aydınlatıyordu. Pencereyi açtı, "Kalkıyor musun?" dedi. Kalktım, ispirto ocağını yaktım. "Geç kalacaksın," dedi. Tıraş tasını doldurdum suyla, ocağın üzerine koydum, "Ütünüzü verir misiniz biraz?" dedim. Şaşkın şaşkın yüzüme bakıyordu. Ütüyü getirdi, tıraş oldum, bavulumu açtım, tek temiz gömleğimi çıkarttım, bir de kravat ütüledim. Biri merdivenleri koşarak çıkıyordu. Kapı birden açıldı, soluk soluğaydı, dudaklarının kanı kaçmıştı, yüzü sarıydı. "Gittin diye ödüm koptu," dedi. Kadın dışarı çıkmıştı. "Saat kaç?" dedim, "Sekizi geçiyor," dedi. Kitap paketimi söktüm, kitaplarımı çıkardım, "Geç kalıyorsun," dedi. Tırnaklarını temizlemişti. Birden boynuma sarıldı, "Seni çok seviyorum," dedi. Eğildim öptüm, "Bir gün gidersem, seni de beraberimde götürürüm," dedim. Bütün kuvvetiyle sarıldı, "Bak şimdi ağlıyorum," dedi. Gözleri ıslanmıştı. Mendilini çıkardım, gözündeki yaşları sildim.

Pazar postası, 14 Eylül 1958, Ankara

SENİ SEVİYORUM

Ortalığı tatlı bir serinliğe boğarak gelip geçen yaz yağmuru saçlarımızda kördüğüm olmuştu. Ömür'ün alnına dökülen ıslak saçlarından yüzüne akan damlalar dudaklarında parlıyordu. Bu pırıltılarda bütün maziyi derinliğiyle görebiliyordum. Çocukluğumu, tahtadan arabamın takırdağı, kargıdan atımın şahlandığı meydanı. Söylediklerine pişman olan ilk sevgilimi ve arkasından ağladığım, çırpındığım o güzel mektepli kızı. Hepsi bu parıltılarda. Yeni nişanlım Ömür. O yok bu parıltılarda. Karşımda gülüyor. Belki olmaz bu dünya, belki günün birinde başka bir Ömür'ü hatırlatır.

Sıcacık elleri avucumda, yol boyu çiftlere tırmanmış bembeyaz yaban güllerine bakıp bir şeyler kuruyoruz. Yok, diyor Ömür. Evimiz mini mini olmalı. Sıcak, küçük bir yuva. Akşamları kapıda seni beklemeliyim. Ha...Sahi kapıyı ne renge boyarız?

"Beyaza. Beyazı severim."

"A...sevgilim, evimizi hastane mi sandın? Yeşil nasıl? Yahut mavi?"

"Peki, mavi olsun. Ama gözlerinin mavisi."

"Kapı mavi oldu. Çiçekleri seversin değil mi? Bayılırım çiçeklere. Her gün bir karanfil takacağım göğsüne." (biraz daha sokuldu) "Bunlar olacak değil mi?"

"Bir zamanlar ben de böyle kurdum ama senin için değil. Fakat şimdi..."

"Evet şimdi..."

"Hepsi boşa çıktı."

"Yani benimkilerinde boşa olduklarını mı söylüyorsun?"

"Öyle bir şey demedim. Demek istediğim şu; bu hayalleri seni tanımadan evvel kurdum. Ona yazdım bunları. Küçük bir evden; çiçeklerden, gelecekten behsettim."

"Sonra ne oldu?"

"Hiç, ne olacak? Netice değişmedi, aldırmadı bile."

"İyi etmiş. Kim bu kız?"

"Yıldız...Ay...Güneş...Üçünün en güzel taraflarını al, onun güzelliği çıkar."

"Demek aşık olduğun kadar var."

"Hayır...Hiç aşık olmadım ve olamam da."

"Bana aşık değil misin?"

"Hayır."

"Hayır mı dedin"

"Evet...Seni sadece seviyorum. Isırasım gelen kulaklarını, öpmek için kıvrandığım dudaklarını ve baktıkça kendimi uçuyor hissettiğim gözlerini seviyorum." (avucumdaki elini çektikten sonra yere bakarak) "Seni seviyorum ama inanmıyorum. Daha doğrusu inanasım gelmiyor. Bütün erkekler gibi sen de yalan söylüyorsun."

"Benim de sana inanasım gelmiyor."

Birden durdu. "Daha neler," dedi.

Yol kenarındaki karadut ağacının altına oturduk. Başını göğsüme dayadı, "Seni kıskanıyorum," dedi. "Geçen gün gazetede bir yazını okudum ve ağladım. Bana kalırsa o kıza deli gibi aşıksın. Sonra o şiir... Unutamam mıydı neydi adı? Madem unutamayacaktın benimle niye nişanlandın?" Dudakları titriyordu, elimi saçlarına götürdüm, hâlâ ıslaktı. "Söyleyeceklerin var mı daha?" dedim. Gözlerime baktı, "Yo..." dedi.

"Öyleyse başlayabilirim."

"Neymiş o?"

"Neye olacak, konuşmaya. Benden evvel kimseyi sevmedin mi? Mektepte, mahallede?"

"Hayır... Hiç kimseyi sevmedim. Ama anlayamıyorum, bunları sormandaki mana ne?"

"Ben açık konuşmasını severim Ömür. Benden bir şey saklama ve anlat."

"Dedim ya kimseyi sevmedim."

"Yalan...Hepsi yalan...Geçen gün size gelmiştim. İçeri girerken postacı geldi, bir mektup verdi. İzmir'den sana geliyordu, kız ismi kullanan bir erkek. Merakımı yenemeyerek okudum."

"Ne? Okudun mu?"

"Evet, okudum. Ümitlendirip, ayrıldıktan sonra unutmaya kalktığın bir genç. Kim bilir seni ne çok seviyordur. Mektubuna cevap verdiğin takdirde gelecekmiş. Bu çocuğun, seni benden fazla sevdiği muhakkak. Onu unutmaya hakkın yok. Sensiz yaşayamayacağına inanıyorum. Ona dönmelisin."

"Ne kadar acı konuştuğunun farkında mısın?"

"Hakikat daima acıdır Ömür. Bunu hiçbir kuvvet değiştiremez." Ayağa kalktı, ellerinden tutup kaldırdı. "Söyleyeceklerin bitti mi?"

"Evet bitti. Senin de bittiğin gibi."

"Hayır, o çocuğu hiç sevmedim. Belanın biri. Bir gezide tanışmıştık, görsen..."

"Siz kadın milleti... Ne mahluksunuz. Onu sevdiğin hâlde kuruntun yüzünden onu maziye gömmeye kalkıyorsun. Şunu iyi bil ki, o çocuktan başka kimse seni mesut etmez. Ben bile... Senin de onu sevdiğin belli."

"Ama ben seni.."

"Yanılıyorsun yavrum, beni sevmiyorsun. Yalnız yakın buluyorsun, yakın bulmak sevmek demek değildir. Onu unutma, o şu anda seni düşünüyor. Teselliye muhtaç vaziyette. Yaz ve deli gibi sevdiğini söyle."

"Haklısın. Seni sevmiyorum."

Eve kadar hiç konuşmadan gittik. Onu eve bıraktıktan sonra, beni evden uzaklaştıran yorgun adımlarım titriyordu. Dönüp baktığımda, verdiğim İzmirli çocuğun mektubunu okuyordu. Başını kaldırdı, uzaktan bile güzelliği, cana yakınlığı ile İzmirliyi kendine âşık eden ömür, arkamdan bakıyordu. Elini kaldırıp kapıyı kapadı. Set boyundaki küçük kahveye gidip Ahmet'e mars olmalıydım. Zaten mars olmadığım kimse yok ya...

KUDUZ AŞISI

Bir zamanlar gün ışığı vurmuş saçlarında akşam olurdu Selma. O güzel günleri anar mısın bilmem? Ama ben hiç unutmadım, biteviye o günlerin anılarıyla yaşadım ve hep seni andım. Göl kenarındaki küçük kulübe, üzerinden düştüğüm çam ağacı, hepsi gözümün önünde. Gün ağarmadan mavi su üstündeki köprüde buluşup, üzerlerinde çiğ damlalarının billurlaştığı yeşil çimenleri ezmekten korka korka, orman yolunu tuttuğumuz günlerin izleri hâlâ taptaze. Her şey eskisi gibi. Yalnız sen yoksun. Yokluğunun acıları sinmiş ortalığa. Şimdi, güneşin doğuşunu yalnız seyrediyorum. Ormanın yeşili, göğün mavisi, karanlığı yırtan tan yerinin kızıllığına karışmış. Sular pembe bir alev sanki. Ne zorluklara katlanarak yaptığımız sal, suyun üstünde öksüz. Benim gibi... İp yetmemişti de, saçlarını kesecek olmuştun Kartaca kadınları gibi. Kartaca kadınları başka, sen başka. Onlar senin kadar güzel değillerdi. Kara karaydılar. Ya sen... Sen bu gökyüzünden, güneşten de güzelsin. Evet güneşten de...Ben zengin değildim, ekmeğimi taştan çıkarırdım. Sen zengindin, hemen hemen kasabanın yarısı sizindi. Buna rağmen ablan gibi kibirli değildin. Ablan senden güzel ama senin kadar tatlı değil. Geçenlerde, yani sen gittikten sonra, pencerede beni beklediğin odaya bakıyordum. Göz çekecek kadar bakmışım. Meğer içeride kaymakamın oğluyla berabermiş. Ablanı nereden bileceğim? Kaymakamın oğlunu da Allahtan hiç sevmem, gıcık alırım oğlandan. Geçen gün kırmızı arabasının camlarını siliyordu, giyinişi de esaslıydı. Bir bakış var diye düşündüm. Biraz sonra kasabadan çıktı, kayaların orada kiminle buluştu biliyor musun? Ablanla... O anda seni aradım.

Beyaz atımın yelesini okşayıp, onlardan evvel Orman Lokantası'na kavuşmak için dört nala kaldırdım. Orman Lokantası'na vardığımda daha gelmemişlerdi. Kim bilir araba yolda kaç defa durdu?

Biraz sonra el ele içeri girdiler. Ablanın dudakları renk değiştirmişti. Pencere kenarına oturup, konuştular. Yemek yiyip ormana çıktılar. Ben de kalktım, Ali Dayı ile biraz konuştum. "Zamane," dedi Ali Dayı. Bir müddet sonra ormandan döndüler. Ablanın o güzelim saçları fırtınaya tutulmuş gibi darmadağınık. Koluna bir mendil bağlamış. Biraz daha Orman Lokantası'nda oturup, soğuk soğuk şakalar yaptıktan sonra gittiler. Ali Dayı, arkalarından bakıp, "Zamane evlat," dedi. "Ya böyle işte Ali Dayı, zamane," deyip ayrıldım.

Kara Meşe'ye vardığımda onlar da oradaydı. Arabaları bozulmuş, yolda kalmışlar. Kaymakamın oğlu, şimdiye kadar ağzından dilekçe ile laf aldığımız oğlan, beni görünce, "Oo...Şeker kardeşim," dedi, "Nereden böyle?" Anlayanlar gibi makinayla oynamış, bembeyaz elleri yağdan simsiyah olmuştu. Yerden aldığı kuru otlara elini sürerek devam etti; "Gördün mü yolda kaldık. İyi anlarsın, bir baksan." Ablana baktım, ağzında sakız, yol kenarındaki kütüğün birine oturmuş, bir şey hatırlarcasına gözlerime bakıyordu. Attan indim, ablana dönüp, "Atımı tut" dedim. Yerinden oynamadı bile, "Ben senin seyisin değilim," dedi. Kaymakamın oğlu birden atıldı, "Ver ben tutarım" dedi, "Şu arabayı yap da." "Yapamam," deyip, elinden dizgini aldım.

"Ne olursunuz arabayı yapın. Yok..."

"Yoksa..."

"Yanisi manisi mi var? Türkçe konuş, anlamam öyle laflardan. Necla'nın eve gitmesi lazım desene."

"Onun gibi bir şey işte. Yalvarırım şu arabayı yapın. Ona bakma."

"Arabayı yarın tamirhaneye getirirsiniz olur biter."

"Ya şimdi ne yapacağız?"

"Yürüyerek gidersin."

"Ne, yürüyerek mi? Bu yirmi kilometrelik yolu mu yürüyelim?"

"Ne olur? Biraz yorulmuş olursun, o da bir ay sonra geçer."

Yanlarına geldim geleli, üstünde oturduğu kütük kadar sessiz duran sevgili ablan, ayağa kalktı. Ellerini pantolonunun ceplerine sokmuştu.

"Ne olur, zahmet olmazsa şu arabayı yapsanız."

Kendisini kıramayacağım kanısında, hiç seslenmedim. Kaymakamın oğlu bir ablana, bir bana baktı.

"Yapamam."

İkisi de oltaya takılan balık gibiydiler

"Mademki arabayı yapmıyorsun, bari atını ver bize," dedi kaymakamın oğlu.

"Peki ben n'apim?"

"Siz mi? Kasabaya kadar yürürsünüz."

Akşam olmak üzere. Kaymakamın oğlu;

"Atını satar mısın?"

"Tabii satarım."

"Kaça?"

"Üç yüze."

"Peki, atı satın alıyorum. İn attan."

"Para hani?"

"Para mı? Parayı yarın veririz."

"Kabul, parayı yarın verirsiniz, atı da yarın alırsınız."

"Alacağın olsun. Bunu yanına bırakmam."

"Ne yaparsın?"

"Görürsün ne yapacağımı."

"Ne yapabilirsin kerpiç suratlı? Babana mı güvenin? Geç! Baban senin işlerine karışmaz, o işini bilir."

Ablana döndüm;

"Yirmi kilometre yürümek istemesen ve sözlerime katlanabilirsen, seni tahta köprüye kadar terkimde götürebilirim."

Sarı oğlana baktı, arabadan ceketini aldı;

"Geliyorum."

Kaymakamın oğlu birkaç şiş yemiş İspanyol boğalarına benziyordu. Ablanın kolundan tuttu;

"Beni bırakıp bir yere gidemezsin."

Ablan bana baktı, hâllerine gülüyor.

"Kızı bırak." diye bağırdım. Ablanı terkime alıp, oğlanın yanından uzaklaşıyoruz. Akşam serinliğinde, ablan üşüyor olmalıydı. Belime sıkı sıkı sarılmış, başını sırtıma yaslamıştı. Konuşmaya başladı;

"Seni sevmeye başladım."
"Ama ben seni ve senin gibileri sevmiyorum ki."
"Niye böyle aksisin?"
"Aksi diye keçiye derler."
"Affedersiniz."
Bir müddet konuşmadık. Bana daha çok sokuldu;
"Adın ne? Çok güzel olsa gerek."
"Kardeşininki kadar güzel."
"Kardeşimi tanır mısınız?"
"Eh... Şöyle böyle."
"Kardeşim birine aşık."
"Kime?"
Çocuğun adını söyledi. Neydi bakim? Deli gibi âşıkmış ona.
"Adı ne çocuğun?"
"Turan. Peki senin adın ne? Daha söylemedin."
"Turan."
"Turan mı? Yani Selma'nın..."
"Yok, ben başka Turan'ım."
"Başka Turan olduğuna sevindim."
"Neden?"
"Dedim ya seni sevdim."
Ablan bayağı ateşli ama soğuk, buz gibi. Hani burada aslama satarlar ya, onun gibi...Dudaklarımı yalayıp;
"Kaymakamın oğlu ne oldu?"
"Onu sevmiyorum ki, yalnız arkadaşız. O kadar."
Birden döndüm, kolundaki mendili çözüverdim.
"Bu ne? Herhalde kuduza karşı aşıdır. Demek arkadaştınız? Biraz olsun onu sevseydin neler olurdu kim bilir? Olmadığını nereden bilelim? Arkadaş için can kurban."
Arkamdan bütün gücüyle itti, aşağı yuvarlandım.
"Küstah! Terbiyesiz!"
Atı koşturdu. Neyse ki kasabaya dört kilometre kalmış. Yürüye yürüye mavi suya geldim. Soğuk suyla elimi, yüzümü yıkadım.

27 Eylül 1955

HAMİT ÇAVUŞ'UN İNADI

Başını nereye, sonunu nereye koyacağım? Vallahi işte böyle, şu baş son meselesi. Evet, dediğim gibi. Başını ve sonunu koyacağım kısmı bir türlü bulamıyorum. Ortada bir hikâye iskeleti var. Var ama ne eli, ne de kolu yerinde. Sakat mı sakat. Hikâyem evden çıkınca başlamalı. Neyse evden çıktım, yanımda Nurdoğan var. Köye gidecek otobüs bulamadık, bir kamyona atladık. Şoför babacan bir herif, "Caara," dedi, "Sağol, kullanmıyoruz," dedim. Düşünüyorum, üç gündür bu hikâyenin sonunu düşünüyorum. "Kadın yatağında doğruldu, dönmek mi?" dedi. "Her kuvvetli rüzgârda sallanan eve mi? Sovan ekmek yemiye mi?" Erkek, elleri cebinde, sırtını kapıya yaslamış, "O zamanlar çok mesuttuk Güneş," dedi, "yine o günlere dönelim, yine birbirimizin olalım. Aradan geçen uzun yıllar bizi ayırmamalı." Kadın, bütün dişiliğini göstererek güldü. Kapı açıldı, içeriye yaşlı bir baş uzandı. "Ne oluyorsun?" dedi, "her müşteriyi bu kadar tutarsan hâlimiz duman!" Kapıyı çekip gitti. Bir silah patladı, kadın önce güldü, sonra gözleri donuklaştı. "Sümer," dedi, senin için başımı soğuk cama dayayıp serinlemek istedim, kadını düşündüm. Adı biçimsizdi, Nermin olsun. Kendi kendime sinirlendim, niye öldürdüm sanki? Oysa ki yaşamak istiyordu. Acaba kamyonun lastiğinde kaç patlak var? Belki üç, belki beş, "Kaç?" diye Nurdoğan'a sordum, "Dokuz," dedi. "Ne biliyorsun?" dedim, saatini göstererek, "Daha bu sabah ayar ettim," dedi, güldüm. Belki de lastikte de dokuz patlak vardır. Bir harp patlasa ne olur acaba? Bu sakalla soğan doğrar muhakkak.

"Niye konuşmuyorsun?" diye sordu Nurdoğan.

"Konuşuyorum"

"konuşuyorsun biliyorum ama ben duymuyorum."

"Duymasan da olur. Önemli değil."

Nurdoğan sustu. Şimdi bir boza olsa da içsek. Boza yirmi beş kuruş. Kamyon Çinçin'i geçti. Burada seneler öncesi yediğim kaşar peyniri esaslıydı. Yanında taze çay vardı, parasını Arabacı Derviş vermişti. Eskiden burası arabaların durak yeri idi. Bu dolmakalem de çok esaslı, yaşa Kemal Ağa.

Mihmandar'a geldik, kamyon durdu. Kasap, mangalda et kızartıyordu. Sıcak et kokusu şoförün burnunu yaktı, "Ulan Göbek," dedi, "bir parça et getir." Göbek, etten bir parça ekmeğin arasına koyup getirdi. Herife sövdüm, ne olurdu sanki biraz da bize getirse, biz allahın kulu değil miyiz? Nurdoğan ete baktı, herifin şapırdayan ağzına baktı, Betül'ü düşündü, "Yürümese daha çok severim," dedi. Ben kimi düşünsem şimdi? Aysel'i mi? Güneş'i mi? Mimi'yi mi? Hangisini düşüneceğimi şaşırdım. Ha sahi! Bildiğiniz iyi bir kundura tamircisi var mı? Kunduralarımın dibi delindi de. Düşünecek şeyi buldum; acaba kaç çivi çakılacak? Nurdoğan'ın düşünceleriyle benimkiler birbirine karıştı. Çekiç, kundurama vuracakken betül'ün kafasına değdi. Kusura bakma istemeyerek oldu.

Solaklı'yı da geçtik. Buralarda da amma yağmur yağmış ha. Nurdoğan'a Malaçça'yı gösterdim. Gelinali çiçeklerinin köyü. Şimdi ıssızsın biliyorum. Eski şen günleri göresim geldi. Ben de o günleri senin kadar istiyorum.

Yüzbaşı'dan Bey Köyü'ne kıvrıldık. Toprak yol çok güzel. Şoför, "Bu köprüyü hâlâ yapmadılar," dedi. Yarım kalmış köprüye baktım, yapılmış olsa üstünden geçerdik. Hendeklerde su birikmiş, bulanık yağmur suları. Bembeyaz bulutların altında kuru çalılar, Allaha el açmış. Bulutların bir kısmı kara. Kırmızı Değirmen'in Hasan'ı olsa süpürürdü şimdi bunları.

Bey Köyü'ne geldik. Nurdoğan şoföre para verdi, "Eyvallah," dedik. Köyde bir sessizlik vardı. Belki, şehrin gürültüsüne alışık olmadığımız için bize öyle geldi. Bir iki horoz ötmesi, köpek havlamasından başka gürültüsü olmayan sokaklardan çiftliğe doğru yürüdük. Babam köy kahvesinde, bastonu kucağında oturuyordu. Yanına gidip elini öptüm, oradakilere selam verdik. Hepsi tek tek "Merhaba efendi," dedi. Babamı biraz daha yaşlı buldum, ihtiyarlıyordu. Onda eski canlılığı görmemek beni üzüyordu.

Getirdiğim gazeteye göz gezdirip hep partiden konuştular. Acaba öğleye ne yemeği var? Analık ne yapacak?

"Baba," dedim, "fırsat bulursak Kadıköy'e gideceğiz."

"Olur oğlum," dedi, "Mehmet sizi enterle götürür."

"yok babacığım, yaya gidebiliriz."

"Niye yaya gidecekmişsiniz? Mehmet sizi enterle götürsün."

Babamın yanına oturan biri "Çavuşağa" dedi, "Yenice'de düğün var." Babam bize döndü, "isterseniz Yenice'ye gidelim. Paşa Mustafa'nın düğünü var." Nurdoğan'a baktım, "gidelim" dedim. Kahvedekilere eyvallah dedik. Ne iyi şu insanlar. İnsan gürültüsüne susamış sokaklardan istemeye istemeye sessiz geçtik. Küçük çocuklar bize bakıyordu birisi, "Hamida'nın oğlu şu direk gibisi," dedi, çocuğa baktım yarım kadar yok. Binbir yokluk içerisinde büyüyen çocuklar, yaşamayı hepimizden fazla seviyorlar.

Nurdoğan da, ben de Yenice'ye kadar yaya gitmek istiyorduk. Canımızın istediği an oturur, canımızın istediği an koşar, taş atar, yürürdük. İstediğimiz olmadı, babam yaya gitmemizi doğru bulmadı. Nurdoğan, "Babanı hiç sevmedim," dedi. Şu anda bizi düşünen kimse var mı? Varsa parmağını kaldırsın. Oysa ki biz herkesi düşünüyoruz.

Rüzgâr, sararmış kuru hıltanlar üzerinde çaldığım ıslıkları çalarak kışa hazırlanıyor. Rüzgârla sallanan otlar bize selam verir gibi, "Nerelerdesiniz?" diyorlar sanki. Biz de onlara selam veriyoruz. Köye yaklaştıkça davul sesi daha iyi duyuluyordu. Davulun sesi uzaktan hoş gelir derler, gerçekten de öyle. Davulu buradan dinlemek ne hoş. Babam bıraksa da buradan dinlesek. Babam davul çalabilir mi acaba? Aman duymasın.

Yenice şen...Çocukluğumun köyü. Hiçbir şey değişmemiş. Salt ben biraz uzamışım. Yine o topraklı yol, yine eski kesik horoz ötmeleri. Kışın üzerinde kaydığım göl. Şair olsaydım, mısralar düzerdim şimdi. Düğün evine gittiğimizde bizi iyi karşıladılar, selamlaştık içenlerle. Abim kadehini şerefime kaldırdı. Onun arkasına hepsi, "Çavuşağa, oğlunun şerefine" diye kadeh kaldırdılar. Babam bana baktı, güldüm. Babamı abimin yanına oturttular. Nurdoğan, "Kırılma ya babanı hiç sevmedim," dedi. Biraz sonra Sıtkı geldi, "Baban erkek adam be," dedi. "Dedi ki, git çocuklara bir şeyler ver de içsinler, dikkat et fazla kaçırmasınlar." Nurdoğan'a baktım, başını yere eğdi, ayakkabısına baktı, "Buna herkes molla işi diyor," dedi. Pabuçlarını sildi, parlattı, başı ayaklarına düştü. İçki soframızda bir piliç vardı. Biraz salata, fasulye, kavun, portakal vardı. Rakı da rakıydı hani. Aradan ne kadar zaman geçti bilmiyorum. Kafam bir uzayıp, bir daha uzadı, küt...Masmavi göğe değdi, gök eğrildi. Bir çıkıntı oldu gökte, güm, olduğum yere düştüm. Pıssss, Sıtkı katıla katıla gülüyordu, "Allah sana boy vermiş koskoca kapıyı göremedin mi?" Kapıyı nereden görecem? Ben nerelere gittim, kafam nereye değdi? Nurdoğan da kafasını çarptı. Dışarı çıktığımızda biri iki, ikiyi bir görüyorduk. Nurdoğan, "Yediğim tavuk içeride yumurtlamasın?" İşte bir bu eksikti. Yumurtacılık mı yapacaksın be adam? Abimle göz göze geldik. Kadehini yine şerefime kaldırdı. Allahtan içtiği rakıda ölmüş sinek olmalı. Kuş gibiyiz, kuvvetli bir rüzgâr bizi karşı Torosların eteklerine sürükleyebilir. Oraları soğuktur şimdi. Paltomuz da yok ki... Nurdoğan'ın gözlerine baktım, gözlerine de gülüyordum. Abime doğru yürüdüm, alnına dökülen siyah saçlarını okşadım, "İyi misin gardaşım?" dedi. Biri adımı sordu. Adım, adım ne sahi? Adımı unuttum, yukarıda içki içtiğimiz yerde kalmıştır. Sizin de isminizi unuttuğunuz gün oldu mu hiç?

Babamdan ne kadar ricada bulunduysam, atla gitmeyi kabullendiremedim. Mehmet, enteri çalıştırmış bizi bekliyordu. Köyden çıktığımızda neler düşündüğümüzü bilmiyorum. Güneş hendeklerdeki yağmur sularına düşmüş, güneşi seviyorum. Başım güneşin bulunduğu suya düştü, suda güneşin sıcaklığı var. Nurdoğan türkü söylüyor, "Cemo gider askere, alır gelir teskere, vay cemo, uy cemile." Siz, "*Cemo*" türküsünü bilir misiniz? Ta uzaktan dokunaklı bir türkü duyuluyordu, "Ayrılık ateşten bir ok, nazlı yardan hiç haber yok." Kendi kendime mırıldanıyorum bu türküyü. Etin kilosu kaç kuruş? Çoktandır et almıyorum.

Kadıköy'e girdik, Mehmet bizi bıraktı gitti. Bir an olduğumuz yerde durduk, rüzgârın geldiği yöne döndük. Rüzgâr, bizden Adana'ya selam götür. Nurdoğan'ın Betül'üne, benim de Aysel'ime uğra. Bizi gördüğünü, onları sevdiğimizi kulaklarına fısılda. Bir bahçenin önünden geçtik. Yedi sene evvel, burada bir mendilim kaybolmuştu. Biraz sonra gelip aramalıyım, belki bulurum.

Kahveye girip Cavid'i sorduk, kaynamış çekirdek aldık. Cavid geldi, "Merhabalar," dedi, "Merhaba," dedik. Biraz oturup konuştuk, sonra futbol oynadık. 2-1 mağlup olduktan sonra soğuk su içmek esaslı oluyor. Cavid yemek getirdi; etli bulgur pilavı, taze fasulye, salata. Yenice yolundan bir traktör geliyordu, Nurdoğan,. "Bizi almaya geliyorlar," dedi. Yemeği bitirmiştik ki, traktör evin önünden geçti. Babam naylondaydı. Gözlerimizin yapışıp kaldığı baldan, bir lokmadan fazla almadık. Nurdoğan, "Hamit çavuşun inadı tuttu,"" dedi. Cavid'e, "Allahaısmarladık," deyip ayrıldık.

Bey Köyü'ne gelene kadar, balla peyniri düşündüm. Nurdoğan'ın da aynı şeyi düşündüğünü sanıyorum. Çünkü iki de bir bana, "Baban olmasaydı, ne güzel balla peyniri yiyecektik," diyordu. Babam kafayı bulmuştu. Daktilo insanın parmaklarını acıtıyor, hele insan uykusuz olursa. Sabahleyin yedide kalkmam gerek, iş var. Babamın gözleri kıpkırmızı, ceketinin altından silahı görünüyor. Başını kaldırdı, güldü. Güldüğü zaman daha çok seviyorum.

Eve gittiğimizde analık bizi bekliyordu. İki anam var, sizin de var mı? Babamın uykuya ihtiyacı vardı, çıkıp divana uzandı, üstünü örttüm. Analık yemek hazırlamış, eline sağlık. Gelene kadar acıkmıştık. Zaten üç güvercin, iki piliç kızartmıştı. Taze ekmekle yanaştık, sofrada bir şey kalmadı. "Tavuk suyu ister misin?" dedi, Nurdoğan mideyi yokladı, "Yer var daha," dedi. Tavuk suyu geldi, ekmeklerimizi suya doğradık. Nurdoğan'ın kafası kaşığıma düştü, saçları olmasa başını yerdim. "Al şu kafanı kaşığımdan," dedim, kaşığımı elimden aldı. Analık, "Yağlı ayran var," dedi. Getir... Daha duruyor musun?

Yemekten sonra tarlaları gezmeye çıktık. Mimi'nin hikâyesini anlattım, Esin'den bahsetti, "hem Mimi'ye, hem Esin'e aşık oldum," deyince, anlatmaktan vazgeçtim. Gözümüzün gördüğü yer tarlaydı. Bu yemyeşil tarla. Bu hür topraklarda ölümsüz yaşamanın sevincini çıkaran insanlara gıpta ediyorum. Onlar gibi yaşamak, gün ışığıyla hayata atılıp her gün yeniden doğmak istiyorum. Bir toprak yığınına oturup, dönen kafamızı durdurmak istedik. İleride, bize doğru üç eşekle, bir sürü çocuk geliyordu. Nurdoğan'ın yüzü güldü. Çocuklar yanımıza geldiler, "Sarı biri," "Hamidanın oğlu kimse benim eşeğime binsin," dedi. Çocuğu kırmamak için eşeğe bindim. Nurdoğan da birine bindi. Ayaklarımız yere sürtüyordu. Eşek yarışı yaptık, benim eşek arada kaldı. Eşek değiştirmek istedim, kara kuru bir çocuk, "Benimkine bin ama zottik atar, düşürürse karışmam ha," dedi. Zottik ne güzel laf...Zottik atan eşeğe bindim, düşürmeye çalıştı. Düşer miyim hiç. "Teksaslı düşer mi?" dedim Nurdoğan'a, "Unutma ki Teksaslı eşeğe binmez" dedi. Ne olur sanki Teksaslıyı eşeğe bindirdiysek? Eşek yarışları çok güzel geçti, ikinci yarışı ben kazandım. Kazanan armağan verseler ne güzel olurdu. Ne istersen onu alalım derseler ne derdim acaba? İki yüz elli gram Antep fıstığı.

Yarıştan sonra eve gittik, babam hâlâ uyuyordu. "Bu gece burada kalın," demişti. Oysa ki biz kalmak istemiyorduk, işimiz gücümüz vardı. En iyisi bir yalan uydurup sıvışmalıydı. Kulağına, "Babacığım arkadaş bizi otomobille götürmeye gelmiş. Yok, yok rahatsız olma. Uyumana bak, bizim yüzümüzden rahatsız olmanı istemem. Keyfine bak, Allahaısmarladık."

Yola koyulduk. Akşam serinliğinde, ince köy yollarından binbir hayal kurarak gidiyoruz. Tarla kuşları cıvıl cıvıl ötüyorlar, toprak kokusunu içimize çekiyoruz. Buz gibi toprak üzerinden seke seke gidiyoruz. Serin akşam rüzgârı saçlarımızda dolaşırken, bir ağızdan türkü söylüyoruz. Nurdoğan bir ara bir mektep şarkısı söyledi. Çocukluğumuzu, geri gelmeyecek o şen, o her şeyin güzel olduğu günleri andık. Şimdi de bizim için her şey güzel ama o günlerin güzelliği bambaşkaydı. Güneş ufukta kaybolmak üzere, güneşi düşünüyorum. Acaba o da her güneş batışında birini düşünür mü? Ben onu her an düşünür dururum. Nurdoğan, "Şu mezar taşlarından birine otursak nasıl olur?" diye sordu. Mezar taşlarına oturduk, taşına oturduğum mezardan bir ses duyar gibi oldum. "Kalk üstümden, ben sofu adamım, sarhoşla yan yana oturmam" Hemen yerimi değiştirdim. Nurdoğan, "Çoktandır kimse ölmüyor sanırım" dedi, "Evet," dedim, "bu insanlar ölümsüz yaşarlar." Güldü. Mezarlıkta gülmek ne kadar hoş olabilir? Mor mor mezarlık çiçeklerinden topladık. Nurdoğan, "Bunları Betül'e götüreceğim," dedi. Ben de Aysel'im için çiçek topladım. Bir kertenkele, bir taşın üzerinden bize gülüyordu, biz de ona güldük, kafasını salladı, gitti.

Şoseye çıktığımızda akşam karanlığı çökmüştü. Rüzgâr upuzun kargılarda akşam türküleri söylerken, biz sabahı düşünüyorduk. Gelen otomobil, otobüslere el kaldırsak da durmadılar. Hiç de sabahki şansımız yoktu üzerimizde. Nurdoğan ıslık çalıyordu, ben de bir hikâye düşünüyordum. Hikâyeme bir kahraman yarattım, karşıma diktim, bir otobil çarptı çocuğa, öldürdü. Kabahat bende, yolun ortasında niye düşündüm sanki? Kahramanıma ağladım.

Önümüzde askeri bir cip durdu, "Binin" dediler, "yalnız balığa dikkat edin." Askere teşekkür edip bindik. Cip, deniz ve balık kokuyordu. Deniz kokusuna biterim. Bu koku oldukça, unutamayacağım biri var, Adana'ya kadar onu düşündüm.

Köprübaşı'nda cipten indik. Bizi getiren başçavuş kendini tanıttı, Hasbi Ballı. Gerçekten bal gibi bir herif. Biz de kendimizi tanıttık. Nurdoğan, "Boş bir gününde bize uğrarsan memnun oluruz," dedi, Başçavuş, "Neredesiniz?" diye sordu, Nurdoğan, "Kuruköprü'de Dar Film," dedi. "Unutma Dar Film."

Adana'mızda, ayrıldık ayrılalı bir değişiklik yoktu. Yolda Nihat'ı gördük, "Humus yer misin?" dedim. Herif aç, "yerim," dedi. Hadi humus yemeye gidelim, isterseniz siz de gelin. Paralar benden, çorba içecek değiliz, paramız var, humus yiyeceğiz.

19 Ocak 1956

SÖYLEŞİ

YILMAZ GÜNEY OLAYI

Türk sinemasının en özgün ve en güçlü yapıtlarından biri olduğundan şüphe edilmeyen *Umut*'un sansür tarafından yasaklanmasının ülke ölçüsünde protestolara yol açtığın günlerde Hüseyin Baş, Atilla Dorsay ve Onat Kutlar, Yılmaz Güney ile birlikte olaya eğiliyorlar.

ONAT KUTLAR : "Adınız?"

YILMAZ GÜNEY : "Yılmaz Pütün."

K. : "Sinemadaki adınız?"

G. : "Yılmaz Güney."

K. : "Nerede, ne zaman doğdunuz?"

G. : "1937'de Adana'nın Yenice Köyü'nde. Önce ahır olan bir evde. Sonra okul oldu. Daha sonra yeniden ahır. Şimdi ev."

K. : "Adana'ya yakın mı köyünüz?"

G. : "27 kilometre."

K. : "Kaç yaşına kadar köyde kaldınız?"

G. : "11 yaşına kadar. Üç sınıflı bir okulu tamamladıktan sonra Adana'ya geldim. Orada ilkokulu, ortayı ve liseyi bitirdim. Daha sonra İstanbul'da İktisat Fakültesi'ne girdim."

HÜSEYİN BAŞ – Çocukluğundan söz eder misin?

G. : "Irgatlık yapıyoruz köyde, bağ bekçiliği yapıyoruz, pamuk topluyoruz v.b."

K. : "Sanatla ilişkin nasıl başladı?"

G. : "Köyde bir Yakup vardı. Şiir yazar, şiir okurdu. Beni etkilemişti. Hayranlık duyuyordum ona. Çok da hızlı koşuyordu. Oysa ben ne onun kadar hızlı koşabiliyordum, ne de onun gibi şiir yazabiliyordum. Sinemayla ilk kez kente gelince karşılaştım. Kovboy filmleri, seriyal filimler."

ATİLLA DORSAY : "Yani çocukluğunda sinemaya gitmedin!"

G. : "Yok. Sinemayla karşılaşmam on üç yaşlarından oldu. Kavgalı, dövüşlü filmlerin gösterildiği fukara sinemalarına gidiyorduk. Kendimizi daha rahat hissediyorduk bu sinemalarda. Mesela bir Galatasaray Sineması vardı, çok güzeldi. Önünden geçer bakardık. Ama çok lükstü, gitmeye korkardık. İstesek parasını verip gidebilirdik. Ama ne kıyafetimizi, ne de yapımızı uygun görmezdik o sinemaya."

K. : "Peki Yılmaz, edebiyatla daha somut ilişkilerin ne zaman başladı?"

G. : "Lisenin ikinci sınıfındayken, okul duvar gazetesine hikâyeler yazma merakı. Belki bir kişilik ispatından gelen bir şey. İlk hikâyemi okulda gazeteye basmadılar. Hasta olan karısını şehre getiren, parası pulu olmayan, bu yüzden doktora tavuk vermek isteyen bir köylünün öyküsüydü bu. Ben o zaman sosyalistlik nedir, sol cephe nedir, solculuk nedir bilmiyordum."

A.D. : "Ama Türkiye'nin gerçeğinin sınıfsal çelişkiyle ilgisini hissetmişsin. Önemli olan bu."

G. : "İçinde yaşamışım ben bunun. Adana'da iken hikâyeler yazmaya başladım. Aramızda toplanarak *Varlık Dergisi*'ni, *Yeni Ufuklar*'ı, *Pazar Postası*'nı izlemeye başladık. Daha önce boş bir adam sayıyordum kendimi. Oysa artık koltuğunun altında Yeni Ufuklar'ı taşıyan ve bundan gurur duyan bir adamdım. Sonra hikâyelerim yayımlandı. İlk kez kendime güven duydum. Hikâyeci Yılmaz'dım..."

K. : "Filmlerinde hangi insanı canlandırdın?"

G. : "İlk yaptığım filmlerde yarattığım tip, aşağı yukarı, ezilmiş bir adamdır. Durmadan kaçar. Ekmeğinin derdindedir. Kendi işindedir. Birtakım olaylar oluyor, o karışmak istemez. Fakat hep mecbur edilir. Bu kaçan kovalanan adam bir yerde isyan eder, patlar, ortaya atılır, vurur kırar. Fakat sonunda hep yeniktir. Hep halkımın karakterini taşıyan insanları oynadım. Yabanın kadınına bakmayan, dürüst bir kişiliği canlandırdım. Bunu düpedüz yaşamımın getirdiği deneylerden çıkardım. Gerçekten de halkımın temel niteliklerinden biridir bu. Özel yaşamımda da şimdiye kadar bir arkadaşımın sevgilisine bakmamışımdır. Türk halkının geleneğinde de bu vardır. Bugün Anadolu'da birtakım yalanlar söylenebiliyor ve halkın görenekleri yozlaştırılıyorsa, bunun nedenleri ekonomik yapıda aranmalıdır. Yaşamanın gittikçe zorlaşmasında aranmalıdır."

A.D. : "Sinemanın halkların uyandırılmasında, eğitilmesinde etkin bir rol oynadığı kabul edilmiş bir gerçek. Devrim yapan ülkelerde devrime uygun bir sinema da meydana geliyor. Türkiye'de bugünkü durumuyla Türk sinemasının böyle bir rol oynadığını söyleyemezsin sanırım. Senin filmlerin belli bir kaliteyi tutturan filimler. Bu konuda filmlerinin devrim bilincinin aşılanması konusunda bir etkileri oldu mu sence?"

G. : "Filmlerimin devrimciliğinden söz edilemez pek. İlk filmlerimle olsa olsa seyircime belli bir direnme bilincini aşıladığım söylenebilir. Boyun eğmemesi, mücadele etmesi gerektiğini getirdim. Fakat bu, devrimci film için yeterli değildir."

H.B. : "Şimdi filmler yaparak halkına borç ödeme bilincine vardığını söylüyorsun. Bu nasıl oluştu?"

G. : "Evet, belli bir döneme geldikten sonra bugünün ticari şartları içinde kullanılan bir oyuncu durumuna düştüm. Para getirmesi gereken bir oyuncu, ticari kaynak olarak görülen bir oyuncu. Ticari kaynaklara dönem şartlanmış, seyircinin isteklerine göre kullanılan bir sanatçı durumu benim için ve halkım için zararlı bir durumdu. Bugünkü ticaret adamlarının bir aleti durumunda halkıma kötü şeyler veriyordum. Hep aynı şeyleri yapan bir alet durumunda kendimi tüketmekte olduğumu hissettim. Başka bir yere bakmak, başka kaynaklara yönelmek gerekliydi."

K. : "Türk sinemasının bugünkü durumuyla belli bir ticari sömürünün organı olduğu söylenebilir mi genel anlamda?"

G. : "Türkiye'nin belli bir ekonomik yapısı vardır. Türk sineması da elbette bu ekonomik yapının bir yansıması olarak alınabilir."

H.B. : "Arada bir sana bazı skandallar yakıştırılıyor; sansasyonel haberler çıkıyor basında senin hakkında... Doğru ya da yanlış. Bunlar Yılmaz Güney mitosunu besleyen şeyler mi? Yoksa abartılıyor mu?"

G. : "Gerçekte benim kavgam başka yerde. Sinemada ve daha genel anlamda. Fakat bunun genellikle kimse farkında değil gibi görünüyor. Şimdi fark ediliyor. Bir yerde haksızlıkla karşı karşıya geldiğim zaman kavga ediyorum. Bakıyorum üç – beş kişi bir arkadaşı dövmeye kalkıyor, ben o zaman kavga ediyorum. Yoksa durup dururken kavga çıkarmam. Silah taşıma meselesi de öyle. Bugüne kadar çeşitli düşmanlıkları kazanmış bir adamım. Her gün devamlı olaylar olur."

K. : "*Umut*"a gelelim isterseniz... Demin sen, sinemada kavga veren arkadaşlar zincirinin son halkası olduğunu söyledin. Peki, Umut'un Türkiye'de bugüne kadar yapılmış filmlerden bir ayrılığı var mı? Bana esaslı bir ayrılığı var gibi geliyor. Özellikle belgesel yapısıyla."

G. : "Öyle dememek gerek kanımca. İnsan ve çevreye bakış açısından yeni bir şey getiriyor denebilir belki. Zaten sanatçıları birbirinden ayıran şey, dünyaya bakışları ve bakış biçimlerindeki ayrılıktır. Seçiş şekilleridir. Benim seçişim, benim bakışım belki hayata çok daha yakın. Bu da belki filmi çekerken sinema yapacağımı düşünmemiş olmamdan geliyor."

H.B. : "Filmi yaparken bir gerçekliğe ulaşma kaygısı duydun mu?"

G. : "*Umut*'ta altı çizilebilecek, üzerinde durulabilecek şeyler vardı. Bunlardan özellikle kaçtım. Hayatın kendisi olsun istedim. Çoğu zaman bazı sokaklardan hızla geçeriz ve farkına varmayız çevremizdeki şeylerin. Ben durup baktım çevreme ve onları anlattım."

H.B. : "*Umut*'ta öyle bir hayat çiziyorsun ki, tahammül edilir gibi değil. Sonra bu acı yaşamı bir yanılgı, bir umutsuzlukla bitiriyorsun. Peki filmin adı niye Umut?"

G. : "Halk, gelecek şeyin ne olduğunu, hatta umudun ne olduğunu da bilmiyor. Bizim halkımız devamlı bir bekleme içindedir. Benim anlattığım umut, aslında bu bekleyişin hikâyesidir. Aldatıcı bir umudu anlatmak istedim. Umut, bizim hayatımızın bir parçasıdır. Ayağı yere basan bir insan boş şeyleri hayal edip umutlanmaz. Toplum belli bir düzeye ulaştığı zaman insanlarda hayale dayanan umutlar kalkar. Umut, düzen bozukluğunun bir simgesidir."

K. : "1960 sonrası genel panoraması içinde nispeten gerçekçi filmler çevrildi. 60'tan sonra bir süre devam eden bu eğilim Akad gibi yönetmenlerin dışında başka bir arama şeklini aldı. Şimdi bu panorama içinde sen filmini nereye yerleştiriyorsun?"

G. : "Ben sokağa bakıyorum ve görmek istediklerimi görüyorum. Mesela kimi görürüm? Kapıcıyı, şoförü, köfteciyi, bir an gelip geçen cicili bicili bir adam benim için sadece bir renktir."

K. : "Peki şöyle denebilir mi: Sen bugün Türkiye'de günlük hayatın cicili bicili insanlarını arayan yönetmenlerinin dışında, Türk halkının günlük yaşamını anlatarak sinemamız için olumlu bir yere varılacağına mı inanıyorsun?"

G. : "Yaptığımız şey o."

K. : "*Umut* böyle bir film. Fakat Umut'la yetineceğim bir kesit verdim, yeter mi diyorsun, yoksa bu sende genel bir eğilim midir?"

G. : "Genel bir eğilimdir. Genel sinema eğilimimdir. Mesela bazı sahnelerin çektiğim "*Benim Adım Kerim*" filmine bakıyorum, benim çektiklerim ayrı bölümler gibi duruyor. Mesela evsizleri, çingeneleri çekmişim. Adamların evleri barkları yok. Hiçbir şeyleri yok, arabalarda yaşıyorlar... Ben onları çekmişim."

A.D. : "Peki Yılmaz, daha önceki iki filminde destansı bir anlatım vardı. "*Seyyit Han*"da olsun, "*Bir Çirkin Adam*"da olsun.. *Umut*'ta bu yok?"

G. : "*Umut*'ta da var. Buradaki destan gerçeğin destanıdır. Benim çevirdiğim diğer filmlerde bu anlatım değişiktir ve bu sanatçının tekrara düşmemek için yaptığı bir aramadır. Ve yapılan hiçbir film bitmiş bir film değildir. İşte yapmak istediğim film budur. Bunu da yaptım demiyorum hiçbir zaman..."

H.B. : "Filmi seyreden bazı arkadaşlarımız, filmin saptayıcı bir rolü olduğunu teslim ettiler. Fakat filmin bir çıkış, bir mesaj getirmediği için herhangi bir devrimci çizgiye oturmayacağını söylediler. Bu konuda ne düşüyorsun?"

G. : "Bu film eğer bir çıkış getirmiş olsaydı film olmaktan çıkardı. Yol gösteren bir duruma gelirdi. Ayrıca devrimci sinemayı da böyle almıyorum. Devrimci sinema yol gösteren değil, onları düşünmeye sevk eden filmlerdir. İleride kuşkusuz baştan sona kadar birtakım şeylerin söylendiği filmler de yapılacaktır. Bu, dediğim gibi, devrimci sinemanın ilk noktalarından biridir. Düşünmeden bir insanın herhangi bir şey yapabilmesine imkân yoktur. Ben sadece düşündürmek istiyorum."

A.D. : "Umut'un ticari şansı ne olacak sence?"

G. : "İstanbul'daki durumu her taraftaki şansını belirleyecektir."

K. : "Demin sanat ve devrim ilişkisinden söz ediyorduk. Gerek yazdıklarından, gerekse yaptığın film ve konuşmalardan politik yapın konusunda aşağı yukarı bir fikir edinmek mümkün. Bir sanatçı olarak politik düşüncelerini, sorumlu bir sanatçı olarak anlatır mısın?"

G. : "En kötü sanatçı bile bugün bu düzenin karşısındadır. Kıyaslama yapılırsa, ben solda kalan sanatçıların içindeyim. Devrimci bir sanatçıyım."

H.B. : "Peki Yılmaz Güney. Sen sinemanın dışında, memleketin ekonomik, siyasal durumuyla, belirli birtakım politik hareketlerle ilgileniyor musun?"

G. : "Gerçek devrimci bir sanatçı memleketinin politik ve ekonomik durumuyla yakından ilgilidir. Kendisini bunun dışında gördüğü an, sanatçı niteliğini yitirir."

H.B. : "Peki sence bir sanatçı bunları sadece bilmekle yetinebilir mi, yoksa eylemin içinde bizzat yer almalı mıdır?"

G. : "Eylemin dışında olduğu zaman bir sanatçı, eski devirlerin sanatçıları olur, otururlar, yazarlar, atarlar... O kadar."

H.B. : "Sen bunların birbirine bağlı bir bütün olduğunu söylüyorsun."

G. : "Tabii... Bunlar birbirinden ayrılmaz bir bütündür."

K. : "Gençliğin devrimci eylemi konusunda ne düşünüyorsun?"

G. : "Gençlik bugün en doğru eylemi yapıyor. Birtakım gruplaşmalar var, belli bir cephenin bölünmesi bence yanlış. Taktik ve stratejide birtakım ayrılıklar oluyor, bunların henüz zamanı olmadığı fikrindeyim. Filiz hâlindeki devrimci hareket kendi tarafımızdan baltalanmamalı. Bunlar karşı taraf için bir silah oluyor. Şimdiden birbirine düşen adam halkın da gözünden düşüyor. Bunun hesabını yapmak zorundayız."

H.B. : "Aslında özlediğin, imkân olsa yönetmenlik değil mi?"

G. : "Biz bir hesap yaptık hanımla, kaç sene sonra sinemayı bırakabilirim? Bir maddi birikim yapmak zorundayım ve ben bu birikimle ne kadar idare edebilirim, bir yönetmen olarak? Benim bundan sonraki yapacağım filmlere bir prodüktör para yatıracak mıdır? İmkânı yok yatırmayacaktır! Oyuncu olarak kabul ediyorum. Ama yönetmen olarak taviz vermek istemiyorum."

H.B. : "Sana engel olan nedir?"

G. : "Halka faydalı film yapayım diyorum. Ben de kendi çapında bir sınıf kavgası sürdüren adamım. Nasıl sürdürebilirim bu kavgayı? Bir sinemacı olarak sinema yapmakla ya da oturup roman veya hikâye yazmakla. Sinema, bütün bu şeyler içinde halka giden en etkin yol. Bunun için ben, geldiğim sınıfın adamı olarak sınıfımın içinde bulunduğu çıkmazlara ve bunun nasıl, kimler tarafından kullanıldığına ışık tutmak istiyorum. Yönetmen olarak benim getireceğim şeyler bunlar. Belki bir süre sonra benim sinema oyuncusu olarak çalışmam engellenebilir. Filmlerim yasaklanabilir. Bunların benim için hiçbir önemi yok. Ben belki o zaman kendimi daha rahat hissedeceğim."

Cumhuriyet, Sanat – Edebiyat eki, Kasım 1970